AF197910

Tucholsky Wagner Zola Scott Sydow Freud Schlegel
Turgenev Wallace Fonatne

Twain Walther von der Vogelweide Fouqué Friedrich II. von Preußen
Weber Freiligrath Frey
Kant Ernst
Fechner Fichte Weiße Rose von Fallersleben Richthofen Frommel
Hölderlin
Engels Fielding Eichendorff Tacitus Dumas
Fehrs Faber Flaubert
Eliasberg Ebner Eschenbach
Feuerbach Maximilian I. von Habsburg Fock Eliot Zweig
Ewald Vergil
Goethe Elisabeth von Österreich London
Mendelssohn Balzac Shakespeare
Lichtenberg Rathenau Dostojewski Ganghofer
Trackl Stevenson Doyle Gjellerup
Tolstoi Hambruch
Mommsen Thoma Lenz Hanrieder Droste-Hülshoff
Dach Verne von Arnim Hägele Hauff Humboldt
Reuter Rousseau Hagen Hauptmann
Karrillon Garschin Gautier
Damaschke Defoe Hebbel Baudelaire
Descartes
Hegel Kussmaul Herder
Wolfram von Eschenbach Dickens Schopenhauer
Bronner Darwin Melville Grimm Jerome Rilke George
Bebel
Campe Horváth Aristoteles Proust
Bismarck Vigny Barlach Voltaire Federer Herodot
Gengenbach Heine
Storm Casanova Tersteegen Gilm Grillparzer Georgy
Chamberlain Lessing Langbein Gryphius
Brentano Lafontaine
Strachwitz Claudius Schiller Kralik Iffland Sokrates
Katharina II. von Rußland Bellamy Schilling
Gerstäcker Raabe Gibbon Tschechow
Löns Hesse Hoffmann Gogol Wilde Gleim Vulpius
Luther Heym Hofmannsthal Klee Hölty Morgenstern
Roth Heyse Klopstock Kleist Goedicke
Luxemburg Puschkin Homer Mörike
La Roche Horaz Musil
Machiavelli Kierkegaard Kraft Kraus
Navarra Aurel Musset
Nestroy Marie de France Lamprecht Kind Kirchhoff Hugo Moltke
Laotse Ipsen Liebknecht
Nietzsche Nansen Ringelnatz
Marx Lassalle Gorki Klett Leibniz
von Ossietzky May vom Stein Lawrence Irving
Petalozzi Platon Knigge
Pückler Michelangelo Kafka
Sachs Poe Liebermann Kock
de Sade Praetorius Mistral Zetkin Korolenko

Der Verlag tredition aus Hamburg veröffentlicht in der Reihe **TREDITION CLASSICS** Werke aus mehr als zwei Jahrtausenden. Diese waren zu einem Großteil vergriffen oder nur noch antiquarisch erhältlich.

Symbolfigur für **TREDITION CLASSICS** ist Johannes Gutenberg (1400 — 1468), der Erfinder des Buchdrucks mit Metalllettern und der Druckerpresse.

Mit der Buchreihe **TREDITION CLASSICS** verfolgt tredition das Ziel, tausende Klassiker der Weltliteratur verschiedener Sprachen wieder als gedruckte Bücher aufzulegen – und das weltweit!

Die Buchreihe dient zur Bewahrung der Literatur und Förderung der Kultur. Sie trägt so dazu bei, dass viele tausend Werke nicht in Vergessenheit geraten.

Flucht und Fund

Ferdinand Kürnberger

Impressum

Autor: Ferdinand Kürnberger
Umschlagkonzept: toepferschumann, Berlin

Verlag: tradition GmbH, Hamburg
ISBN: 978-3-8424-0871-5
Printed in Germany

Rechtlicher Hinweis:
Alle Werke sind nach unserem besten Wissen gemeinfrei und
unterliegen damit nicht mehr dem Urheberrecht.

Ziel der TREDITION CLASSICS ist es, tausende deutsch- und
fremdsprachige Klassiker wieder in Buchform verfügbar zu
machen. Die Werke wurden eingescannt und digitalisiert. Dadurch
können etwaige Fehler nicht komplett ausgeschlossen werden.
Unsere Kooperationspartner und wir von tredition versuchen, die
Werke bestmöglich zu bearbeiten. Sollten Sie trotzdem einen Fehler
finden, bitten wir diesen zu entschuldigen. Die Rechtschreibung der
Originalausgabe wurde unverändert übernommen. Daher können
sich hinsichtlich der Schreibweise Widersprüche zu der heutigen
Rechtschreibung ergeben.

Ferdinand Kürnberger

Flucht und Fund

Die Abenddämmerung überzog Himmel und Erde. Am wolkenlosen Firmament traten, wie bleiche Perlen, die ersten Sterne hervor; auf der Erde antworten die roten Scheine der häuslichen Lichter. Aber Haus und Hauslichter liegen in unserem Sehkreis jetzt nicht. Fern von den Menschen stehen wir in einer einsamen Hügelgegend; ein rauhes Tal durchfurcht sie in schroffen, zackigen Krümmen. Das Tal ist fast nur das Rinnsal eines Wildbaches, der bald tief in die Bergflanken sich einnagt, bald hie und da vor ihnen zurücktritt und den Wiesen, die fast überall steil an die Höhen gelehnt sind, ein kärglich Stück Ebene gönnt. Neben dem Bache her, ihn oft überbrückend, läuft eine holprige Talstraße, die seiner natürlichen Weisung folgt und den kleinen Gebirgsverkehr an das wimmelnde Flachland knüpft.

Auf dieser Talstraße ist es, wo wir die Schritte eines verspäteten Wanderers hallen hören. Die Stille des Abends, die reine Luft, die enge Wandung der Berge trägt den Schall echohaft über einen weiten Raum. Aber seltsam, der Schall klingt nicht so, daß er aus der Taltiefe gegen ihre Mündung hin sich entfernte; er kommt umgekehrt von draußen herein, von der Seite des offenen Landes talauf in den Bergbezirk. Und doch ist's kein Landmann, der hier innen und oben vielleicht sein waldverstecktes Heimwesen hätte, es ist ein luftiger, leichtfüßiger Auftritt und von jenem hastigen Rhythmus, der nur eine Gangart des lebhafteren Städters sein kann. Aber in diesem Augenblicke tritt das schreitende Wesen zugleich in unseren Gesichtskreis. Siehe, wir haben uns nicht getäuscht. Denn obgleich wenig genug mehr zu sehen ist, so unterscheiden wir an dem Ganzen seiner Person doch eine feinere Form und elegantere Haltung, als uns die Umrisse eines Waldbewohners darstellen würden. Auch dürfen wir, was tornisterartig an seinem Rücken klappert, vielleicht für einen Malerkasten halten und das Weiße, Bauschige in seiner Hand, als Stab viel zu formlos, könnte der Sonnenschirm sein, der beim Malen nach der Natur den Landschafter und sein Blatt zu überdachen hat. In diesem Falle wäre es so abenteuerlich nicht: so spät am Abend ein Gang hinein, wo jeder sonst eilen würde, herauszukommen. Denn findet er zwischen diesen Bergen kein Wohnwesen mehr, so wird er nötigenfalls im Freien übernachten. Den begeisterten Künstler kann die Nähe der Natur in keiner Gestalt zurückschrecken, ja vielleicht hat er auf eine Nachtstudie es abgesehen. Glückauf zu deinen Gängen, hingebender Fleiß, stillsammelnde Phantasie! Aber, wir raten ja nur; beobachten wir das Treiben unsers Wanderers genauer!

Er hat eine Stelle erreicht, wo der Bach nach einer langen Bogenwendung gegen den diesseitigen Hügelstrich in die Mitte der Talbreite wieder zurückkehrt und gradlinig neben der Straße herläuft. Plätschernd tönt der Fall seiner Wellen an den Wanderer herauf und der frische Geruch des Wassers streicht kühl neben ihm her. Verführerischer Anhauch am Abend eines heißen Sommertags! Wenn jedes Element zur Pein und Plage des Menschen da war: das Feuer der Sonne, die abgespannte Luft, die hartschollige Erde, – dann bist du, labendes Wasser, der Trost des Müden allein und aller denkbare Genuß, alle Vorstellungen und Bilder der Lust liegen an feuchten Moosufern, in den triefenden Urnen der Najaden!

Solches Sinnes muß unser Nachtgänger sein, denn nicht lange verfolgt er den Bach, so fällt seine Gangart ab, sein straffer Marsch wird ein bequemer Spazierschritt. Er visiert, wie die Haltung seines Körpers zeigt, fortwährend die Bachrinne. Endlich hält er an, lauscht durch das Ufergestrüpp vor, blickt scheu um sich, geht weiter, kommt wieder zurück und entfernt sich noch einmal. Dieses Spiel sehen wir einige Schritte aufwärts sich wiederholen. Allmählich zerflattert der ganze Gang in ein Suchen, Wählen, Prüfen längs des Bachrandes. Dies unstäte Treiben hat etwas von den Bewegungen der Libelle: jetzt schwärmt sie hinauf, jetzt hinab, jetzt in ruhender Schwebe verharrt sie auf einem Punkte, bis sie, auf einer Weiden- oder Binsenblüte sich wiegend, ihr kurzes Genügen findet.

Freilich verrät die Natur in den größten wie in den kleinsten Zügen gern, wie sehr sie sich Selbstzweck ist. Der unbedeutendste

Rieselquell kann sich der menschlichen Hand, und galt es ihr nur einen Trunk Wassers, oft auf weite Strecken entziehen. Er hat sich sein Bett in Berg und Gestein auf eigene Gefahr eingegraben, hat sich mit Schründen, Stürzen, Trümmern und Steilen freiheitstrotzig umwallt, hat sich mit Dorn und Gesträuch dichtschließend vermummt und nun mag der Herr der Schöpfung sich immer bemühen, seine Zwecke dort anzubringen.

Hier aber, wie wir sehen, hantiert nicht eben das entschlossenste Herrschergenie. Die bangen, unsicheren Bewegungen unsers nächtlichen Einsamen atmen einen Geist, der mit den Schauern der Nacht und der Fremde herzlich unbekannt ist. Wie ängstlich durchtastet sein Schritt die Bachszenerie, wie schüchtern ist jeder Griff in das Weiderich – unnahbare Gardinen werden nicht scheuer berührt! Das ganze Wesen ist wie gewebt aus Furcht! Das Wesen eines Neulings auf seinem Erstlingsausfluge, dürfen wir sagen, – ein jugendliches Wesen gewiß. Auch Wuchs und Gebärde, wie wir nun länger sie beobachtet, möchten damit übereinstimmen.

Aber siehe da, da ladet's, da winkt's! An der Böschung des Baches ist eine Stelle gefunden, von Wurzelgeschling und bemoosten Steinen wie eine Treppe gestuft. Da geht's hinab. Und drunten zischt's wie ein kleiner Wasserfall, – der wird sich ein Becken ausgetieft haben: an solchen Sprudeln bildet ein armes Wässerchen noch, ein hochsommerdünnes, willkommene Badestellen. Der flüchtigste Beobachter der Natur weiß das, auch unser kleiner Abenteurer scheint es zu wissen. Vorgebückt, die eine Hand mit dem Schirmstock tastend, die andere an den Weiden sich haltend, schlüpft er in das Versteck. Elastisch zurückschnellend, schließt der Busch hinter ihm, kühl haucht die Wasserluft und die frische Erde, vom Bache überall angebrochen, dampft mit kräftigem Brodem. Jetzt sehen wir ihn nicht mehr. Aber was ist das? Auf einmal erschallt eine Stimme: »Immer herab, Kamerad, du findest Gesellschaft!« – Aufschrei der Fremdling, er stürzt fort, pfeilschnell der Straße zu, die Nacht wirft schützend ihren Mantel ihm nach – er ist verschwunden. Das Ganze war der Blitz eines Augenblicks.

Vom Bache herauf aber tauchen jetzt zwei Gestalten auf. Reglos stehen sie da auf der Uferhöhe, dem Schrei, der Flucht nachstaunend wie im versteinerten Traume. Wir könnten sie für Statuen in einem Parke halten, wären wir dieser Szene nicht Zeuge gewesen. Weiß wie Marmor schimmert der Leib des einen – ein schlanker, hochwüchsiger Stamm: der andere, derb und gedrungen, hebt sich weniger vom Nachtdunkel ab, brünett wie ein Bronzebild. »Auf in die Kleider!« ruft plötzlich einer der Badenden, »nur in unserer Mühle kann sie Herberge nehmen!«»Sie?!« fragt der andere mit Staunen und ist im Begriffe, noch weiter zu fragen. Aber der Marmorne hält ihm nicht Stand, er treibt und drängt, er hastet wie atemlos. Wie auf ein Alarmzeichen vor dem Feinde sind sie rasch in den Kleidern, auf der Straße, und ob der eine fortwährend fragt und staunt, der andere hört und sieht nicht oder weist heftig ab und schwört hohen Tones: bald werde er alles erklären, jetzt nur nach Hause, nur in die Mühle!

So erreichen sie die Mühle. Eine dunkle altertümliche Baumasse von Bruchsteinen und Fachwerk, breit und niedrig, mit einem ungeheuren Giebeldach. Sie liegt in einem Winkel zweier steilgeneigter Waldhügel seitwärts der Talstraße. Von dieser zweigt in Form einer Gabel die Zufahrt zur Mühle ab; eine Abdeichung des Baches speist sie mit Wasser. Eine Gruppe steiniger Walnußbäume umgibt die Stirnseite der Mühle und verbirgt das niedrige Haus. Wir würden es kaum bemerkt haben, wenn aus einem Oberstübchen, einer Dachluke, sollten wir sagen, nicht ein Lichtschein ins Tal fiele, zum Wahrzeichen eines menschlichen Wohnortes.

Unter den Walnußbäumen vor der Mühle promeniert eine mißvergnügte Magd, welche die beiden Mühlknappen ungeduldig erwartet. Jetzt, da sie deren Schritte vernimmt, eilt sie ihnen kriegsgewitterisch entgegen und schilt ihre Verspätung zum Abendessen. Sie sei es, die von Meister und Meisterin alle Auslassungen darüber zu ertragen habe; den Herren Knappen gehe es eben hin. Bei jeder Gelegenheit habe sie für diese zu stehen und sie möge bitten und schelten, so viel sie wolle u. s. w. – Aber ganz vergebens bemüht sie sich heute. Es bleibt ihr keine Zeit zu dem koketten Manöver, durch Schmollen die Zärtlichkeiten der Versöhnung zu erzwingen. Titus – so nennt sich der Marmorne – bestürmt sie sofort mit Fragen über den Wanderer. Neckend und sich zierend äfft den Knappen die Magd, bejaht aber doch zuletzt, daß sie den Maler beherberge. Er sei allerdings in der Mühle eingekehrt. Lebhaft getroffen, fragt und forscht Titus noch weiter, dringt vor allem darauf, ihn noch heute zu sehen, aber das Mädchen erklärt mit Bestimmtheit, daß dies unmöglich sei. Ihr Gast sei in großer Müdigkeit angekommen, habe nicht einmal zu essen gefordert, sondern sofort zur Ruhe begehrt. »Macht euch der junge Herr so warm?« wirft sie verfänglich hin und bricht die Unterhaltung ab, wie sichtlich sie auch hier Genügen daran findet.

An des Müllers Familientisch, der von einem Kienspan nur dämmernd erleuchtet war, fiel es glücklicherweise nicht auf, in welcher Gemütsbewegung der eine der Knappen sich einfand. Und da nach praktischer Bauernsitte bei Tisch nicht sowohl geredet als gegessen wird, das einfache Abendmahl, eine Milchsuppe mit Brocken, eben auch nicht zu langwierigem Verweilen nötigte, so war dieser Hinhält in einer wichtigeren Handlung bald zu Ende.

Aufatmend tritt Titus hinaus. Sein Kamerad, der ihn nichts weniger als den Weg nach ihrer gemeinsamen Schlafkammer nehmen sieht, hält nach einigen Schritten an und sagt: »Höre, Titus, was für ein Wesen ist das heute? Hast du Verrat zu fürchten?« – »Verrat?« – »Wegen der Stiefmutter, mein' ich? Gilt's eine Faust oder sonst ein brav Absehen auf das Spiönchen droben? Da bin ich!« – »Treues Herz!« ruft sein Mitgesell und legt ihm die Hand auf die Schulter. Er sieht ihm eine Minute lang ins Auge, scheint nachzudenken, dann spricht er entschlossen: »Nein, Günter, ich will dir Wort halten; du sollst alles hören. Ich bin heute der glücklichste Mensch auf Erden, ich bin morgen nicht mehr in der Mühle; so sei in den letzten zwei Stunden, die wir beisammen sind, Wahrheit zwischen uns. Höre, wer ich bin und was für ein Schicksal mich zu euch geführt hat!« Die beiden Knappen schlugen den Bergweg hinter der Mühle ein. Jeder ging schweigend an der Seite des anderen. Günter, wie wir den zweiten nennen hören, ist niedergeschlagen, daß er den Freund von einem Abschied reden hört, und beschäftigt sich innerlich, den Schlag zu verwinden. Aber überrascht ist er eigentlich nicht. Wohl wird es ihm neu sein, was der andere zu enthüllen hat, aber daß er überhaupt etwas zu enthüllen hat, das, sieht man, ist ihm nicht neu. Sein Mitknappe, scheint's, hat ihm von jeher zu denken gegeben.

Auf einem Waldschlag in der höheren Mitte des Berges hält das Paar an. Steil unter sich erblicken sie ihre Mühle, in welcher das letzte Licht jetzt erloschen ist. Dem Bache entlang blickt aus dem Dunkel das Schwärmen der Leuchtkäfer zu ihnen herauf, der Duft von reifenden Erdbeeren würzt die Luft um sie her. Am Himmel aber ist das Zwielicht der Dämmerung nunmehr gänzlich erloschen und die Sterne stammen und brennen mit ihrem kräftigsten Lichte.

»Es ist ein rauher, melancholischer Winkel, diese Erdfalte hier,« Hub Titus, vor sich hinschauend, an,»und doch ist mir jetzt, wo ich den Ort verlasse, als wäre jeder Zug darin heilig. Was für ein Wunder ist das Leben! Weizenkirner haben Jahrtausende lang in Grüften gelegen und doch ihre Keimkraft bewahrt; mir war dieses Tal so gut wie ein Sarg – und heute leb' ich, hoff' ich, freue mich, dringe mit allen Pulsen der Welt und dem Leben wieder zu! Wer mir vor einer Stunde noch gesagt hätte ...« ein leiser Schauer durchzuckte ihn, dann seufzte er still vor sich hin:»O, wie lang wird diese Nacht sein!«

Und nach einer Weile fuhr er gefaßter fort:»Wohlan, auch sie wird zu Ende gehen und du hilfst mir dazu. Also plaudern wir, *Günter*. Ich will dir von jenem Fremdling erzählen; ich will dir von mir selbst erzählen. Was mich betrifft, ich heiße *Titus*, wie du weißt; mein ganzer Name ist Baron *Titus von Hornberg*.« – Bei diesen Worten sprang *Günter*, der Mühlknappe, auf und griff verdutzt an sein Wollkäppchen.»Schäme dich!« sagte der andere gelassen und zog ihn mit einem kräftigen Ruck zu sich nieder. Als wäre von nichts Ungewöhnlichem die Rede, erzählte der Bursch im Zwilchwams weiter:»Meine Mutter war das schönste Hoffräulein am Hofe eines Fürsten, welcher leider ihre Schönheit mehr als ihre Tugend zu schätzen wußte. Das Gewebe der Nachstellungen, womit die fürstliche Lust sie umgarnte, zerhieb mein Vater mit einem echten Husarenstreich: er entführte das verwaiste Fräulein, dessen Herz er im stillen besaß, und heiratete sie. Die Hofpartei schwur glühende Rache. Zwar niemand wagte dem tapferen Husarenoberst, dem reinsten und ritterlichsten Edelmann im Lande, geradeswegs an den Leib; aber Ränke aller Art, ihn zu verderben, ruhten keinen Augenblick mehr. Und leider gaben zu solchen Umtrieben die Dinge der Zeit sich gutwillig her. Es war eine Zeit der Lügner und der Verleumder, eine Schnittzeit der Schurken, eine Fluchzeit der Ehrenmänner. Die deutschen Fürsten waren damals die höchsten und heiligsten Verpflichtungen gegen ihre Völker eingegangen, und für

Hochverrat galt es, sie an diese Verpflichtungen zu mahnen. Wer den Wortbruch lobte, hieß ein guter Bürger, wer aufs Worthalten drang, ein Staatsverräter. Eines Abends wurde mein Vater unter starker Eskorte von seinem Schloß auf eine Festung abgeholt, und obwohl die Gewalttat ein Aufsehen machte, daß man sie schnell genug aufgab, die Anklage vielmehr auf ihre Urheber zurückzufallen drohte, so hatte der eine Moment des Schreckens doch genügt, meine arme Mutter zu töten, nachdem sie mir kurz zuvor das Leben geschenkt. Mein schwergereizter Vater sah sich in der Folge veranlaßt, eine Reihe von Duellen anzubieten, deren eines ihm unheilbare Wunden und bald darauf den Tod brachte. So fing mein Leben an. Man sagt, ich habe von meiner Mutter das Wesen einer zärtlichmelancholischen Gemütsart, von meinem Vater den ungestümen, ja durchgreifenden Sinn zum Erbe bekommen. Ach, ich weiß nur so viel, daß sich ihr düsterer Unstern auf mich vererbt hat. Auf der Universität hieß ich der rasende Ajax. Ich ritt Pferde zu Tod, tauchte unter Schiffszügen weg, schwamm durch die reißendsten Stromschnellen, stöberte tagelang in Bergen und Wäldern, übernachtete auf Baumwipfeln; oft hieß es, ich habe den Hals gebrochen, und meine Landsmannschaft machte Streifzüge, mich zu suchen: dann aber lag ich in irgend einer Waldmühle, hantierte mit den Knechten, ließ mir von Mägden und alten Weibern Volksmärchen erzählen. So trieb mich eine düstere Ungeduld von einem zum anderen; besinne ich mich aber noch jener dumpfen Tage, so hatte weder Bewegung noch Ruhe den rechten Genuß für mich, und was ich immer ergriff, es war immer das Falsche.

In der Nahe der Universität lag eine alte kurfürstliche Residenz, die ein gutes Theater hatte. Da geschah es eines Tages, daß auf diesem Theater ein Mädchen von guter bürgerlicher Familie ihren ersten Kunstversuch machte. Die Studentenschaft war zahlreich versammelt am Abend dieses Ereignisses, alle Gemüter in Spannung, das ganze Haus atmete die Stimmung der Jugend. So trat das Mädchen vor unsere Blicke. Das junge Geschöpf funkelte von den Reizen ihres Geschlechtes. Alles, was ein Weib schön macht, lag über sie ausgestreut, frisch wie Morgentau. Welche Wirkung dazu der Phantasie-Anzug des Theaters und all jene reizenden Mittel des *Scheines* taten, war nur zu empfinden, fiel aber niemandem ein, denn das Kostbarste deuchte für sie das Natürlichste. Als sie zu spielen anfing, ihre Stimme mit Kraft und Zartheit den ersten Anschlag tat, ihr wohlgeformter Körper im Wechsel schöner Gebärden sich darstellte – wie das sich mitteilte, wie das jeden einzelnen anging! Wir bebten mit den Regungen ihrer Furcht, wir triumphierten mit den Zeichen ihres Mutes; wenn sie befangen schien, war es die Rührung für ihr Geschlecht, und wenn sie Ruhe und Haltung gewann, die Achtung für ihren Charakter, was im schönsten Wechsel der Sympathie sein Spiel mit uns trieb. Als die Vorstellung zu Ende war, erschütterte Tumult und Jubel das Haus, die studentische Jugend schlug ihre kräftigsten Töne an, es regnete Blumen und Kränze auf das bestürzte, hocherglühende Mädchen; – ich aber stahl mich in wütender Eifersucht weg, ich fühlte sofort, daß ich allein der Monarch sein müsse, welcher das letzte entscheidende Wort hier zu sprechen hat.

Ich trat als eifriger Bewerber um die kleine Jenny auf. Ich stürzte mich in diese Leidenschaft mit dem ganzen Ungestüm meiner maßlosen Angewöhnungen. Aber wie glücklich war ich, daß der Sturm meiner Kräfte jetzt um seinen höchsten Lebenswert spielte, der sich bisher ziellos durch die tote Natur getrieben! Wie glücklich war ich, zum erstenmal mich als Mensch zu fühlen, zu fühlen, wie der rohe Mut, die sinnliche Kraft, die polternde Begeisterung für verworrene Traumbilder und all das Götzenwesen einer unreifen Jugend meiner Seele zu klein ward, wie aus dem Knaben sich blitzschnell der Mann entwickelte und eine Saat der edelsten Keime in mir aufging, wovon mir sonst nur die Ahnung gefehlt oder höchstens Schmerzen bereitet hatte! Damals lebte ich Tage, die des Lebens wert waren!

Ob ich erhört oder nicht erhört liebte, wäre daher eine Frage, die nicht an rechter Stelle stünde, wo es schon Gewinn ist, nur zu einem höheren Gefühl seiner selbst zu gelangen. Auch möcht' ich sie nicht so ohnehin beantworten. Jenny war ein junges, unerfahrenes Mädchen, die ihren ersten Schritt in die Welt tat. Ihr Herz lachte dieser Welt zu, ihr glänzendes Auge, ihre glühende Wange sprach: Es gefällt mir hier! Noch sprach es nicht: Du gefällst mir oder du. Sie fühlte eine rasche Freude am Dasein, sie fühlte ihre Bestimmung zum Glück; aber noch strömte ihr dieses Glück von *allen* Seiten zu, hatte *alle* bunten und freundlichen Gestalten, die eine warme Phantasie geschäftig erzeugt. Sie trieb mit Herzen kein berechnetes Spiel, aber ihr natürliches Mädchenrecht war es, an dem Flammenspiel dieser Herzen wie an farbigen Lämpchen sich zu ergötzen, Gunst und Gnade mit dem Zauberstab einer launigen Fee auszuteilen – und vorläufig frei zu bleiben. So seh' ich es heute an, der ich in wenig Zeit viel gereift bin; damals dachte ich nicht so billig. Jenny hat mich mit Nachsicht, ja, mit Huld behandelt, aber es kränkte mich tödlich, zu denken, daß andere sich dasselbe einbilden sollten. Unzähligemal fiel ich in meinen Studententon zurück, wütete, tobte, tyrannisierte, begehrte das Ungerechteste, als wär' es das Natürlichste, und zerfleischte mich mit den grausamsten Geißeln der Eifersucht. Das trieb ich eine Zeitlang mir selbst und anderen zur Pein, ja, zum gewissen Verderben. Endlich fiel mir das Mittel ein, den Faden kurz zu durchhauen. Ich wollte von meinem Vormund die Einwilligung zur Heirat holen, dann vor das Mädchen hintreten und kurz und gut ihre Hand verlangen. Wie lachte ich, daß mir das nicht schon längst eingefallen!

Der Vormund machte mir allerlei Einwendungen. Zu meinem bittersten Verdruß wurde das, was ich für eine bloße Formfrage gehalten, allmählich der Gegenstand sehr ernster und schwieriger Erörterungen. Fliegend gingen die Briefe hin und her, immer schärfer und spitzer wurden unsere Federn; zuletzt warf ich mich aufs Pferd und eilte selbst nach Hause, um Stirn gegen Stirn die Sache abzutun.

Es kam zu heftigen Szenen. Mit Ärgernis sah ich, daß die Zustände meines Vermögens bald den Vorwand der verwickeltsten Bedenken hergeben mußten; ich hatte es aber nie anders gewußt, als daß mein Vater ein reicher Mann war. Ich ließ mich zu Äußerungen hinreißen, welche meiner schnellen Fassungskraft leider mehr als meiner Klugheit Ehre machten. Wir rieben ein paar häßliche Wochen lang hin und her an dieser Sache. Mein Vormund stellte sich zuletzt beleidigt und sagte, er wolle, obgleich die Zeit seiner Rechenschaftsablegung noch nicht da, mir den vollen Einblick in den Zustand der Erbschaftsmasse gestatten. Ich möge selbst sehen, welche Kapitalien durch die letzte Handelskrisis verloren, welche schwankend und ohne Gefahr eines Bankerotts nicht zu künden, aus welchen Gründen der Ertrag des Gutes zurückgegangen u.s.w.

Wir fuhren zu unserem Advokaten. Sonst in der benachbarten Residenz ansässig, hieß es, er habe sich aus Gesundheitsrücksichten auf sein entlegenes Landgütchen zurückgezogen. Die Villa war in einem Tage zu erreichen. Unterwegs aber brach eine Achse, das heißt, wurde gebrochen; die Fahrt verlängerte sich dadurch in die Nacht hinein. War mir die Gegend schon an und für sich fremd, so machte mir dieser Umstand auch die geringste Ortskenntnis unmöglich. Am Morgen endlich sahen wir ein Gebäude, das allerdings eine Villa sein konnte – aber es war ein Irrenhaus! Mit dem Tritte über seine Schwelle war mein Vormund verschwunden und meine Person in Hände gegeben, welche mir erklärten, ich sei geisteskrank und ich müsse mich heilen lassen.

Tot konnte ich in jenem Augenblicke eher sein als geisteskrank. Ich brauchte lange, bis ich begriff, man könne an einem Menschen ein solches Verbrechen begehen. Wie ich um den zerrissenen Faden meiner Freiheit mich wehrte, davon hätten Löwen und Tiger lernen können! Umsonst. Je stärker ich meine Stimme erhob, desto stärker war das Zeugnis wider mich. Die allzu gemeine Erfahrung, daß die gefährlichsten Tollen am hartnäckigsten ihren Zustand leugnen, ließ mich vor keinem Ohre Erbarmen finden, vor den Unschuldigen so wenig als vor den Mitverschwornen. Es blieb Tatsache, schreckliche Tatsache: um ein Brautgemach war ich ausgegangen und ein Tollhaus umfing mich!

Ein Jahr lang habe ich gelitten. Denn nicht früher erlernt' ich die scheußliche Kunst der Verstellung, die selbst meine bestbezahlten Wächter zuletzt sicherer machte und in ihr satanisches Absperrungssystem jene Lücken und Spalten zuließ, in die ich meine Fluchtgedanken einbohren konnte. Die Flucht gelang. Ich erfüllte die Welt mit meinem Rachegeschrei. Ich stürmte durch die Hauptstadt wie ein reißendes Tier, das sein Leben für seinen Hunger einsetzt. Wehe mir, der ich glaubte, die Gerechtigkeit bedürfe weiter nichts, um zu gelten, als daß sie sich geltend mache! Ich vertraute der Wahrheit und Unschuld meiner Sache, ich vertraute dem natürlichen Abscheu der Menschen vor dem Verbrechen: die Gegenpartei aber vertraute auf Bestechung, Verbindungen, Lüge, sie vertraute auf den Mißklang, den in gewissen Kreisen noch immer der Name meines edlen Vaters hatte, und »der Sohn des tollen Husaren« wurde eine Redensart, welche sich selbst in ärztliche Gutachten einschmuggelte. Entsetzlich ist es zu sagen, daß ein Verbrechen, wie ich es zu entlarven hatte, diese Entlarvung siegreich bestand. Mein Vormund gewann mir überall Wind und Sonne ab, mir blieb die

Meinung widrig oder achselzuckend geteilt. Selbst diejenigen Zeugen, die ich aus meiner jahrelangen Umgebung von der Universität herbeirief, schwankten wie auf Wagbalken zwischen Schein und Wahrheit. Mein wildes Jugendtreiben und meine Aufgeregtheit im jetzigen Augenblicke machten ihnen mein Gehirn wirklich verdächtig; dazu kommt, daß ein Mensch im Gerichtssaal Dinge aussagt, an welche er vor der Gerichtstür oft nicht entfernt gedacht hat; vor Angst und Gewissenszartheit mißtraut er sich selbst, wird das Echo derer, die ihn ausfragen, und bezeugt alles, was man will. Meine Zeugen halfen mir nichts, ich mußte noch fürchten, daß sie meine Gegenpartei verstärkten.

Das alles warf mich in einen entsetzlichen Zustand. Ich war ganz außer mir. Die Welt drehte sich in Schwindeln vor mir; wo ich hingriff, dort wich es, wo ich fußte, dort wankte es. Die tägliche Hetze und Blutjagd auf die angebornen Begriffe von Recht, Wahrheit, Ehre und Pflicht, die ganze Umwälzung meiner Meinung vom Menschen und seiner Moral, gaben mir in jenen Tagen den Anschein eines Wesens, das in geistige Verwirrung gesunken ist oder zu sinken droht. Ja, dahin kam es! Man hatte mich so weit zu Tode verhört und protokolliert, daß mein Vormund es endlich wagen durfte, offen, vor den Augen der Welt seine Beute von neuem zu ergreifen und zum Triumph aller höllischen Geister sie in jenen Abgrund zurückzuschaudern, aus welchem sie in den Schoß der menschlichen Vernunft und Gerechtigkeit, ach! vergebens geflüchtet war. Zum zweitenmal ward ich ins Tollhaus geschleppt!

Der Plan meines Vormunds blieb sich gleich und wiederholte sich stets auf dem nämlichen Grundgedanken: ich sollte durch Unglück, eigenes Temperament und durch den Aufenthalt unter Geistesirren über kurz oder lang selbst irr werden und für immer unter Kuratel bleiben. Dadurch hoffte er sowohl die begangenen Verbrechen an meinem Vermögen zu bedecken als auch die Möglichkeit sich zu sichern, mit seinen Helfershelfern die Beute weiter zu teilen. Wenn ich heute in seine Hände fiele, er würde mich morgen zum drittenmal einsperren lassen. Du schüttelst ungläubig den Kopf, lieber *Günter*, wie einer, der Dinge hört, welche er nicht für möglich hält? Aber sie sind möglich, diese Verbrechen, sie sind es in einer Welt, die du zu deinem Glücke nicht kennst. Die Familienpolitik der höheren Stände bedient sich ihrer nicht selten, wo die gewaltsame

Veränderung eines Besitzstandes, d.h. der Zweck eines Raubmordes ohne den Mord erreicht werden soll. Raub der Mündigkeitsrechte wegen angeblicher Geistesstörung ist in solchen Fällen das unblutige Mittel der Kabale. Manch reicher Erbe verschwindet so aus der Welt, und ach! selbst wer sich rettet wie ich, ist vielleicht doch verloren. Ein düsteres, unbezwingliches Gefühl setzt sich fest in ihm, als gäb' es für ihn ein eigenes Schicksal, das ihn von anderer Menschen Weise ausschließt; – da kauert er mutlos in Schlupfwinkeln hin, wagt das Haupt nicht aufzuheben und glaubt die Luft von feurigen Drachen voll, wenn Glühwürmchen spielen wie auf diesem Wiesengrund hier.

Das, bester *Günter*, war in jener zweiten Gefangenschaft mein Gemütszustand. Mein Mut war gebrochen, ich war stumpf, unempfindlich. Auch der Gedanke an Jenny konnte mein Lebensfeuer nicht mehr anfachen. Sie war die Gattin eines anderen geworden. Still! Keinen Laut des Vorwurfs, *Günter*, ich lasse mir dieses Andenken nicht entheiligen! Kein Schatten einer Schuld haftet an ihr. Ich habe Muße genug gehabt, das Ereignis nach allen Seiten hin abzuwägen. Tu es einen Augenblick lang mit mir. Denke dir also: ich brause fort – sage kein Wort – ich will sie ja überraschen! Hierauf bleibt monatelang jede Spur von mir aus – wer hat da vergessen, wer ist da ungetreu? Nicht ich selbst? Zuletzt kommt das Gerücht angeschlichen, wird laut und lauter, wird fest und fester: ich sei im Irrenhause. Kein Mensch findet es sonderlich zu verwundern, – der tolle *Hornberg*, mochte es heißen, ist endlich wirklich – und so weiter. Was forderst du von einem Mädchen in dieser Lage? Gewiß, du wirst billig sein. Freilich mag ich mir selbst auch keinen Vorwurf machen. Meine Überraschungsidee war vielleicht weniger kindisch, als sie scheinen kann. Ein Heiratsantrag mit Vorbehalt, mit dem Vorbehalt einer vormundschaftlichen Einwilligung war nichts Glänzendes. Und glaube mir, ich hatte glänzende Nebenbuhler. Männer, die Stand und Güter zu verschenken hatten, ohne erst um Erlaubnis zu fragen. Die hatte ich nur alarmiert mit einem Antrag, zu heiraten, ohne ihn zugleich ausführen zu können. Glücklich genug, daß sie im Rausche des Courmachens nicht selbst daran gedacht. Sollte ich ihnen die Bahn weisen und mich dann überholen lassen? Nein, mein Überraschungs-Einfall, mein' ich, war nicht schlecht. Aber daß ich Wochen lang nicht schrieb, nicht einmal schrieb? Ach, wer mir gesagt hätte, es würde so lange dauern! Freilich hätte ich's dann getan. Inzwischen stand meine Sache mit dem Vormund so, daß ich täglich nur kleinlaut hätte schreiben können und doch täglich die Aussicht hatte: morgen schon wird es ganz anders klingen. Also morgen! Und morgen – und morgen! So verging die Zeit. Ich *kam* ins Unrecht, ohne Unrecht zu haben. Nein, wir beide haben nicht unrecht getan. Weder sie noch ich. Aber Gott verzeihe es denen, die darin eine Quelle des Trostes finden! Es ist die Quelle der düstersten Verzweiflung. Wenn ich zwischen Unglück und Schuld ein gewisses Verhältnis sehe, so befriedigt dieses Verhältnis wenigstens meinen Verstand, wie schmerzlich ich auch leide. Ich sage mir: es ist *verdient*, d.h. es ist in der Kette von Ursache und Wirkung ein notwendiges Glied. Wie aber, wenn ich unglücklich bin bei dem reinsten Bewußtsein, wenn ich brütend in mich hineinforsche und mir nichts herausquälen kann, als was ungefähr der Gang der Natur im Menschen ist – heute, morgen, ewig! Dann glaube ich, daß ich in die Macht eines bösen Wesens gegeben bin, welches mich zweck- und ziellos foltern darf bis ins Unendliche, welches mich leiden läßt und immerfort leiden, so lange, bis ich auch die Empfindung des Leidens verloren habe und hingeworfen werde wie dummes Salz und wie Asche.

Ich unterwarf mich diesmal willig den Fügungen meiner Gefangenschaft. Ich fühlte selbst, daß ich fremder Leitung bedürftig sei. Diese Leitung lastete nicht mehr mit Tyrannendruck auf mir. Denn gerade dadurch, daß mein Vormund, gewitzigt von meinem ersten Fluchtversuch, seine Vorsichtsmaßregeln jetzt ins Unglaubliche spannte, brach er selbst seiner Grausamkeit die Spitze ab. Zur Ehre der menschlichen Natur sei es gesagt, er fand die Henkerknechte, die er brauchte, zum zweitenmal doch nicht mehr. Mein Schicksal flößte Mitleid ein, ich fühlte in allen Berührungen eine sanftere Hand um mich her. Ich glaube sogar, der Irrenarzt bemühte sich redlich um die Behandlung meiner Gemütskrankheit. So direkt er den Wünschen meiner Verfolger dadurch entgegenwirkte, so deutlich sah ich, daß er es doch tat.

Zugleich aber sah ich freilich auch, daß die Seelenheilkunst auf Wegen wandelt, auf welchen sie dem Bedürfnis feinerer Naturen nie entgegenkommen wird. Sie hat über alles, was Nahrung, Pflege,

Schlaf, Wachen, Ruhe, Bewegung, äußere Eindrücke u. dgl. betrifft, ein sehr durchdachtes System von Berechnungen gesponnen, um die Seele da, wo sie mit dem Körper zusammenhängt, zu bearbeiten. Aber die Punkte dieses Zusammenhanges sind erstens überhaupt dunkel und bei zarteren Naturen verschwinden sie nahezu ganz. Ob man den Leib mit Fleisch oder mit Pflanze füttert, ob man dem Ohre eine stürmische oder eine sanfte Musik vormacht, dem Auge diese oder jene Bilder an die Wand hängt: all diese Gaukeleien überwindet spielend ein Herz und eine Phantasie, welche gewohnt sind, sich selbst ihre Eindrücke zu schaffen, und leichte und gefährliche Übung darin haben. Das Hauptübel solcher Heilanstalten bleibt: der Kranke ist unbeschäftigt, er hat Zeit, sich innerlich zu zerstören, und er tut es mit einem Genuß, den nichts ihm entreißen kann. Freilich beschäftigt man ihn mit allerlei Tand, sogar den ehrwürdigen Beruf des Landmanns, den Anbau der Erde, läßt man ihn nachäffen; aber er fühlt recht gut, daß sein Graben und Pflanzen »im Freien« zunächst hinter einer Mauer vor sich geht, und endlich weiß er, daß sein Tisch gedeckt, sein Bett bereitet ist, er mag die Hand rühren oder nicht.

An einer Stelle unseres Gartens saß ich einst; man hat von diesem Punkte den Anblick einer heiteren ländlichen Gegend. Auf einer der nächsten Wiesen war Heuernte. Der Duft der Schwaden drang zu mir herauf, ich hörte den wohlgestimmten Gesang der Landleute, ich verfolgte mit Genuß die wechselnden Stellungen und Bewegungen bei ihrer Arbeit, ich sah die Freude, den Schwung, das innere Leben, das alle beseelte, ich griff die Gesundheit gleichsam mit Händen. Bei diesem Bilde beschlich mich wieder eine Lust am Leben. Die einfache Szene machte einen Eindruck auf mich wie schon seit langem nichts anderes. Ich sagte mir: unter diese Menschen gestellt, arbeitend für mein Brot, stündlich belohnt von einem Stück erfüllter Pflicht, mit all meinen Gedanken auf der gleichen sicheren Bahn der Natur – so könnte ich vielleicht noch einmal kosten, was die Süßigkeit des Lebens, der Wohlgeschmack eines zufriedenen Daseins ist. Ich sah jetzt der Heuernte zu, als hätte ich schon meine Hand dabei. Ich stimmte in den Chor der Landleute still für mich ein; ich machte dem Großknechte all die geübten Griffe nach, deren geheimnisvolle Wirkung das Gleichgewicht des Wagens ist; ich freute mich über den Wagen, als er mit diesem Gleichgewichte, wie mit einer vernünftigen Seele begabt, endlich dahin fuhr, zwar wankend und schwankend, aber gerade in dieser Bewegung seine innere Sicherheit verratend, wie ein ehrwürdiger Papa, der etwa ein Spitzchen nach Hause nimmt, dabei aber musterhaft Herr seiner selbst bleibt. Als mir der Zug aus den Augen verschwunden war, blieb ich reicher zurück als zuvor – ich hatte einen Entschluß!

Ich dachte wieder an meine Flucht. Mein Gefängnis starrte von Hindernissen; wie erfinderisch auch ein Gefangener alles zu seinem Mittel verwendet, ich fand nirgend etwas verwendbar. Desungeachtet ließ ich nicht ab. Kein Gefangener gibt sich auf und kein Schloß ist verschlossen; das wissen sämtliche Festungsgouverneure der Erde. Einem Landschaftsmaler, der in der Nähe unseres Bezirks malte, warf ich in zusammengeklebten Nußschalen ein Billet zu und dieser Griff in die Außenwelt glückte. Ich hatte in dem Billet mich wohl gehütet, gänzlich gesund sein zu wollen; aber indem ich meinen Gemütszustand freimütig eingestand, erweckte ich mir Kredit für meinen Geisteszustand. Das nächstemal kam der Maler mit einem Bauern aus der Gegend, der ihm eine Leiter nachtrug. Er ließ die Leiter an einer Seite unserer Wallmauer anlehnen und stieg hinauf. Ich erschrak und hielt den Mann für verrückter als unser ganzes Narrenhaus. Als der Inspektor herbeieilte, erklärte ihm der Maler, gerade an jenem Mauerkranz sei der Punkt, von dem er allein seine Studie malen könne. Er müsse notwendig hier oben sitzen und sich behelfen, wie's komme. Das ginge leider nicht anders, der Maler habe oft die unbequemsten Standorte, er sei daran gewöhnt. Der Mann hatte ein breites, ehrliches Schwabengesicht, einen Kopf voll langer Johannislocken, die schon zu ergrauen anfingen, und ein blaues, gutmütiges Auge. Er nannte sich Professor, nannte einen berühmten Namen und trug ein Ordensbändchen im Knopfloch. In seinen Manieren war er leicht und bequem wie ein Mann, der gewohnt ist, wenig zu fragen, und überall Gehorsam findet. Kurz, man konnte keinen Menschen sehen, der fähiger war, Vertrauen zu erwecken, als diesen würdigen Herrn. Er wurde denn auch mein Befreier. Er nahm unter dem Vorwande seiner Kunst Besitz von unserer grasigen Wallmauer – das Irrenhaus war nämlich früher eine Art befestigtes Kastell – dort trieb er einige Tage lang sein Wesen. Erst tauschten wir noch ein paar Billete aus; als alles verabredet war, schwang ich mich dann geradezu auf die Leiter und entfloh angesichts des ganzen Hauses. In einem benachbarten Busch erwartete uns ein Wagen, mit zwei feurigen Rassepferden bespannt – damit ging's pfeilschnell von hinnen. Wir wurden freilich verfolgt, aber an einem gewissen Straßeneck stand ein zweiter Wagen, wir trennten uns, ich sprang in den einen, mein Beschützer fuhr in dem anderen, und wie wir flugs auseinander rollten, standen unsere Verfolger verdutzt und wußten nicht, wohinaus. Ich war gerettet.

Und nun erinnere dich, lieber *Günter*, als du eines Abends mit deinem Paten, unserem braven Meister, in der Wirtsstube zu Flammfeld beim Bier und politischem Gespräche saßest. Ein Ding, das wie ein Bürgerssohn vom Lande gekleidet war, auch eine der deutschen ländlichen Mundarten redete, aber trotzdem wie ein fremder Geist unter Menschen von Fleisch und Blut dasaß – so wird dir das Bild meines ersten Anblicks noch im Gedächtnis sein. Euer Gespräch bewegte sich um die politische Verfolgung eines Mannes, dessen Religion und Gesinnung weder die eure war, noch lobtet ihr überhaupt seine unbesonnenen Taten. Aber es war ihm Unrecht geschehen und das genügte euch. Ich sah eine so reine, freisinnige Natur, so viel angeborene Schönheit des menschlichen Herzens in euren Äußerungen, daß ich zutraulich näher kam. Ich sah das Bild von Menschen in euch, wie sie ungefähr sein mußten, wenn ich an den Traum meiner Heuernte dachte und diesen Traum verwirklichen wollte. Ich machte den Versuch, meine Hütte bei euch aufzuschlagen. Es gelang.

So lebte ich diese Monate her als Mühlknappe in eurer Mühle. Ich hatte einen Großvater gehabt, der noch aus jener Periode des vorigen Jahrhunderts stammte, wo in der Erziehungskunst der Grundsatz Mode war, jedes Kind ein Handwerk lernen zu lassen. Da mein Großvater mich gleichfalls nach dieser Maxime erzog und da auf dem väterlichen Gute mir nichts näher lag als die Mühle mit ihrem schönen Forellenbach und ihrem schönen Müllerstöchterlein, so hatte ich mich frühzeitig ins Müllerhandwerk hineingespielt. Auch als Student hielt ich mich gern an die Mühlen der Gegend. Unter dieses Schirm- und Notdach konnte ich jetzt flüchten.

Euch aber sagte ich, ich sei ein Müllerssohn aus dem Oberlande, Mißverhältnisse mit einer Stiefmutter hatten mich zur Flucht aus dem Vaterhause genötigt. Ich wollte anfangs verborgen bleiben, später versprach ich, meine Papiere abholen zu lassen. Dieses Vorgeben, dachte ich, möge fürs erste ausreichen; mein Betragen würde das übrige tun. Schlafe die Nachfrage nach meinen Papieren nicht ein und bliebe der Meister der Mann, wie er mir anfangs einen Begriff von sich gegeben, so würde ich nicht anstehen, *alles* zu sagen. Gott sei Dank, das Abenteuer glückte mir. Du und dein Meister, ihr seid Menschen, wie sie jedem Stande Ehre machen würden. Grad' seid ihr und lebt rein für euch hin, das kleinliche Mäkeln und Mäßeln liegt nicht auf eurem Wege. Ihr habt mich genommen, wie ich vor euch stand, von der Stirnseite her, nicht neben und hinter geguckt. Wohl merktet ihr längst, daß ich meinen Schatten nicht warf wie andere Leute, aber ihr ließet den Schatten Schatten sein und hieltet euch an das Licht. Wie ich mich selbst vertrat, so galt ich euch. Das hab' ich euch tausendmal im stillen gedankt; ich lebte leicht neben euch her, denn ihr verstandet, was die Welt so wenig versteht: einen Menschen sich selbst überlassen und doch ihm Teilnahme zeigen.

Von meiner Wiederherstellung in der Gesellschaft konnte zunächst nicht die Rede sein. Ich schauderte, wenn ich im Geiste all diese Advokaten- und Richter-Physiognomien sah, unter deren Grimassen mein Jugendglaube an die Menschheit so schmerzlich zusammengebrochen. Ja, die gesamte *gebildete* Welt, wie sie sich nennt, war mir so bis an den Grund hinab verleidet, daß ich es selbst nicht über mich gewann, meinem edlen Retter, dem Maler, mich anzuschließen, der mir sein Haus in der Residenz großmütig angeboten. Dieser Weg blieb mir immer noch offen. Sondern, was ich fürs nächste bedurfte, war Ruhe, tiefe, gesunde Ruhe! Eine Ansammlung von reinen und nährenden Säften in meinem Gemüte. Die fand ich unter euch trefflichen Menschen in diesem stillen, friedlich beschäftigten Mühlengrunde.

Da kam der heutige Abend. Wir baden in unserem Mühlbache – ein Wanderbursch findet sich ein – ich rufe ihn an – und – eine Frauenstimme antwortet! Die Stimme meiner *Jenny* antwortet! Unbewußt meiner selbst ...« *Günter* fiel hier mit dem Zweifel ein, ob er das so gewiß wisse? Ob ein Schrei eine Menschenstimme kennzeichnen könne? Aber lebhaft bekräftigte *Titus*: »Wie oft hab' ich ihren Schrei auf dem Theater gehört! Ich kenne den Ton, o ich kenn' ihn! Es war meine *Jenny*!« *Günter* schwieg, unfähig zu streiten, aber auch zu glauben. Gar so absonderlich däucht' ihm dies Zufallsspiel und erschreckend die Vermessenheit solch großer Selbsttäuschung. Aber sein gerader Verstand fand den bündigen Ausdruck nicht mehr; schon verwirrte ihn das Gefühl ungleicher Stellung und Bildung neben dem anderen. Schüchtern nur wagte er manche Einwendung noch, gleichsam als Gewissenssache, damit er solch kühnen Schwindelwahn nicht stillschweigend bestärke. Aber vergebens. Unaufhaltsam strömte die Allgewalt begeisterter Überzeugung in der erhitzten Seele seines Gefährten. »Laß das! Laß das!« rief Titus leidenschaftlich, »ich möchte lieber eine Lunte in dies Haus werfen, die süße Schläferin aufwecken und aller Welt zeigen: sie ist es! Was ist unmöglich? Auf zehn bis zwanzig Stunden herum liegen Gesundbrunnen und Wildbäder – sind das nicht Sammelpunkte von Abenteuern schon an sich? Kann sich eine Gesellschaft von dorther nicht tiefer in unsere Berge verirrt haben? Kann sich ein einzelnes dieser Gesellschaft nicht auf eigene Hand wieder verirrt haben? Und kann dieses einzelne nicht die Marquise d'Evreux sein? Die Männerkleider, meinst du? Was hindern mich die? In Bädern und auf Landpartien liebt sich die Modewelt manche Zwanglosigkeit, erlaubt sich manche Laune. Es kann ein Scherz, eine Maske, eine Wette, eine romantische Caprice sein, wie wir's nennen, jedenfalls nichts Ungewöhnliches wär' es. Und braucht überhaupt der Zufall gespielt zu haben? Däucht dir der Zufall allzu zufällig hier, so denke dir eine Absicht. Denke dir meinen Aufenthalt entdeckt, von einem Wesen entdeckt –« der Jüngling hielt inne, von seinem eigenen Gedanken überrascht und im tiefsten erglühend. »Genug,« sagte er abspringend, »es ist uns nicht gegeben, das Reich der Möglichkeiten auszumessen. Aber was ist unmöglich? Siehe, was dir selbst heute begegnet! Mit einem Mühlknappen bist du baden gegangen und mit einem Baron kommst du nach Hause. Was ist unmöglich!«

Titus und Günter verbrachten den Rest der Nacht im Freien, bis in der Mühle der erste Hahnenschrei tönte und die ersten Regungen der ländlichen Hausarbeit der Annäherung des majestätischen Sonnenballs vorangingen.

Hochschlagenden Herzens trat Titus in den Mühlhof. Er fand Jutta die Magd am auflodernden Herdfeuer beschäftigt, das Frühstück zu rüsten. Je näher der heiß ersehnte Augenblick bevorstand, um so ungeduldiger ertrug er die letzten Minuten und Sekunden. Fieberhaft fragte er das Mädchen aus: ob der Maler schon aufgestanden sei? Wann er sein Frühstück bestellt habe? Ob er herabkommen werde? Wann er fortgehen wolle? Ob sie ihn schon gesehen? Wie er geschlafen? Und alles, was ein fassungsloses Herz und eine fast erstickende Stimme vorzubringen im stande war. Mit einem ironischen Knix erwiderte das Mädchen:»Schön Dank für die gütigen Nachfragen. Der Herr Knappe spricht ja seit gestern mehr als seit einem halben Jahre. Ei, du herztausiger, stolzer Mosje!« Titus stand auf Kohlen. Er fuhr fort, dem Mädchen die besten Worte zu geben und so freundlich, als es ihm möglich war, in sie zu dringen.»So ist's recht,« sagte die Geschmeichelte,»und nun geht mir mit eurem Maler, 's braucht keinen Maler, wenn wir gut Freund sein wollen; Hab' ich recht?« Mit blitzenden Augen sah sie keck in die Augen des Jünglings. Titus aber erblaßte.»Jutta!« rief er mit einer namenlosen Ahnung,»was machst du mit deinen Worten? Wo ist der Maler, ich bitte dich, wo ist er?« Mit dem Fuße stampfend polterte die Magd:»Gott, was Ihr einfältig seid! Begreift Ihr noch immer nicht, daß man Euch zum besten hat? Nichts ist's mit eurem Maler; hier war in Ewigkeit keiner!« Alle Sinne vergingen dem Hörenden. Aber es ist ja nicht möglich! Hat sie gestern nicht einschlägig auf seine Fragen geantwortet? Wehe, jetzt erinnert er sich, daß er ihr selbst alles in den Mund gelegt, sie brauchte nur zu wiederholen und ja oder nein zu sagen. Da bricht er zusammen. Ein Strom von Tränen stürzt aus seinen Augen. Zornwütig ergriff der treue Günter ein Holzscheit und drang fluchend auf die Magd ein. Mit Kreischen entsprang die Bedrohte. Wie Thors Hammer warf er das Holzscheit hinter ihr her, daß die Mühle in ihren alten Fugen knackte.

Gerührt wie ein Kind schloß er den weinenden Titus in seine Arme. Alle Standesunterschiede waren vergessen. Titus hing an seiner Brust wie ein Zerschmetterter. Von welcher Höhe ist er herabgestürzt! Verzweifelnd wehklagt der Unglückliche:»Den Vorsprung einer ganzen Nacht hat sie nun! Ich mußte harren und sitzen wie angepflöckt, indes jede kostbare Minute sie weiter von mir führte! Narrheit! Narrheit! Wohin ich trete, dein bin ich überall. Wer darf mich nicht narren, wem bin ich nicht preisgegeben! So hat mich auch in diesem Tale mein Schicksal ereilt! Ein Narr, wer seinem Schicksal zu entrinnen denkt! Das ist der bittere Sinn des gestrigen

Abends. Gesehen haben wir uns, gehört, nahe wie zwei Bachwellen waren wir uns – und doch, der Tag geht auf – auch das war ein Traum! Andere verwirklichen ihre Träume, mir soll das Wirkliche selbst nur ein Traum sein! O mir, o mir! Ich bin es müde, auf diese Bedingung zu leben!«

Wo sollte der ehrliche Günter Trost finden für so grausamen Jammer? Nur eins ließ sich zum Troste sagen, aber immer war das seine Meinung: er kam daher mit Eifer darauf zurück, daß Titus doch wohl sich getäuscht habe, daß er um ein nichts so grimmig verzweifle, daß seine Einbildung ihm diesen Streich gespielt u. s. w. Aber diese Zweifel setzten den Jüngling in Wut. Blitzschnell sprang er auf, in seinem ganzen Wesen verändert. Die tiefe, unauslöschliche Überzeugung, daß er recht habe, gab ihm auf einmal die ganze Tatkraft eines Mannes, der seine Überzeugung verfechten muß. Seine Besonnenheit kehrte zurück, seine Ruhe und Haltung. Er trat Güntern an, als wäre von einem längsterwogenen, planvollen Handeln die Rede, und sprach mit fertigem Geiste:»Höre mich an, Günter. Ich gehe aus, die Verlorene zu suchen. Deutlich seh' ich, daß ich doch Ursache habe, zu hoffen. Hat sie die Nacht über geruht, so muß sie irgendwo in der Nahe sein. Ist sie weiter gewandert, so wird es mit großer Müdigkeit geschehen sein, und ein Männerschritt, frisch vom Morgen her, kann sie einholen. Wenn nicht früher, find' ich sie dann im Tale der Fiels, denn dorthinüber gehen unsere Wege. Unter den Leuten des volkreichen Tales hoff' ich ihre Spuren dann nachzufragen. Das ist meine Aufgabe. Nun höre die deinige. Ich muß dir sagen, es fällt mir auf, daß sie in unserer Mühle nicht eingekehrt. Wer es sich mit Bedacht überlegt, darf nicht dabei stehen bleiben, zu ihrem Vergnügen habe sie die Nacht im Freien zugebracht. Vielfache Fäden des Unglücks durchschlingen ein Menschenleben, ich selbst war zweimal auf der Flucht und weiß, wie man Schornsteinen aus dem Wege geht und sich ans Walddunkel hält. Wie wenn wir gestern abend eine Flucht gesehen hätten? In diesem Falle wird der Verfolger nicht ausbleiben. Du hast scharf acht auf alles, was in den nächsten Stunden hier durchpassiert. Wer immer da kommt, wes Standes, Alters, Kleides, Ansehens er sei: so bald er geradezu oder auf Umwegen unserem Wanderer nachfragt, so hältst du ihn fest, gibst ihn um keinen Preis mehr los. Du sagst, der junge Mensch habe einen Spaziergang auf die nahen Anhöhen gemacht, werde zum Essen zurückkommen, habe sich Fuhrwerk bestellt – was du willst. Kurz, der Verdächtige muß sitzen und warten. Ist's in den ersten zwei oder drei Stunden, nachdem ich fort bin, so zündest du auf dem Mühlberg droben die dürre Fichte an, die mit dem alten Elsternest. Auf so lange kann ich das Rauchzeichen sehen. Ist's später, so schickst du mir einen Buben nach Ebersbach hinüber, wo ich entweder selbst bin oder in der Post Auftrag hinterlasse. Er soll laufen, so viel er kann, es wird ihm mit Gold bezahlt, und mich zurückholen. Der Verfolger selbst muß mich dann instruieren, ich werd' ihn schon herumbekommen. Red' mit dem Meister. Ich muß fort. Adieu! Mach' deine Sache gut!«Damit eilte er auf seine Kammer, kleidete hurtig sich um, versah sich mit einer Jagdflinte, einem Handbeil, steckte einige altverwahrte Goldstücke zu sich und war im nächsten Augenblicke der Mühle entschwunden. Verwundert, fast sollten wir sagen, bewundernd, sah Günter ihm nach.

Titus aber begann seine labyrinthischen Gänge. Er durchstöberte das Mühltal in unzähligen Kreisen; aus allen Richtungen und Abständen spielten seine Blicke auf jeden sichtbaren Gegenstand. Sein äußeres Auge, erregt und begeistert von einem innern drangvollen Schauen, sah tausend Bodenformen und Pflanzengruppen jetzt, die er sonst übersehen; wie unergründlich heimlich in Gruben und Büschen so ein Waldrevier sei, entdeckte er erst heute. Aber was er suchte, fand er nicht. Immer weiter zog er seine Kreise, vom Nahen ins Ferne, immer länger wurden seine Pfade. Schon sah er fleißig nach der Rauchsäule aus. Schon sah und horchte er mit steigender Ungeduld nach begegnenden Menschen, die er ausfragen könnte. Das Gefühl der Einsamkeit preßte sein Herz, das Gefühl des vereinzelten Mühens.

Während dieses Menschenkind so herumirrte, war die liebe Sonne indes ihre gerade, richtige Bahn gegangen. Kurz überm Horizont fing sie schon an, die trockene Luft des Junitages zu erhitzen. Bald war die ganze Welt Licht und Glanz und überall die Pracht eines strahlenden Sommermorgens. Augenblicklich war der weißliche Duftrand der Fernen aufgezehrt und die reinste Bläue schnitt Berge und Walder in scharfen Umrissen aus. Rasch verkürzten sich die Schatten, tief leuchtete die Tagesfackel in jedes Versteck nichts Heimliches blieb auf der Erde. Rings aber widerhallte der Luftraum vom tausendstimmigen Jubel der Vögel und aus einem fernen, vielleicht Meilen entlegenen Holzschlag dröhnte der Fall einer Axt herüber, zum Zeichen, daß auch der Mensch den hellen langen Sommertag, seinen jüngsten Besitz, schon angetreten.

Mutiger schritt Titus aus. Die andringende Wärme, später dem Leben so drückend, spannte und befeuerte jetzt seine Körperkraft. Schon fing sein Gesicht sich zu röten an und ein leichtes Feucht, noch nicht zu Perlen geronnen, umglänzte ihm Stirn und Schlafe. Kaum zu mäßigen vermochte er seinen Fuß, der wie mit Springfedern ausgriff und mit der mühsamen Suche des Auges nur ungeduldig gleichen Schritt hielt.

Eine sonnige Berglehne stieg er hinan, die, breit, gegen Mittag geneigt, voll Licht und Wärme lag. Ein gemischter Waldbestand prangte darauf mit einer Fülle des gesundesten Holzes und im reizendsten Grün der verschiedenen Laubarten. In der Mitte des Berges stand eine jüngere Schonung, zwischen welcher Geständ' und Kräutericht, geschützt von den jungen Stämmchen, aber noch nicht erdrückt, mit einer hinreißenden Kraft ins Volle schoß. Weithin leuchteten die Farben der Blumen und das ätherische Öl der Düfte floß in alle Weltgegenden aus. Ein rechter Sommergarten war diese Bergbrüstung. Ein altes Mütterchen trieb hier oben ihr Wesen, gebückt zwischen den hohen Kräutern, kaum einem Auge sichtbar, wenn nicht dem aufmerksamsten und schärfsten. Titus aber hatte ihre Bewegungen schon von der Talsohle aus erlugt. Als er näher kam, meinte er das Weib zu kennen; es war eine Charakterfigur der dortigen Gegend. Die alte Hegerin hieß sie und stand – was unter germanischen Weibern nie aufhören wird – im Rufe einer fast wundertätigen Heilkräuterkunst. Groß war ihr Ansehen bei den Landleuten umher und selbst die Männer des Forstamts hatten sich diesem Ansehen unterworfen. Als nämlich ihr Mann, der Waldheger, tot war, weigerte sich die Witwe hartnäckig, dem neuen Heger die Diensthütte zu räumen und hinab ins Armenhaus ihrer Gemeinde zu ziehen. Das Forstamt tat ihr den Willen, ließ ihr die Dienst-Hütte und baute dem Heger eine neue. Auf ihrem ertrotzten Eigentum nun lebte die Alte wild und frei für sich hin, sammelte, preßte und trocknete ihre Kräuter, trug eine Ruhmeslast unzähliger Wunderkuren auf ihrem krummen Rücken, geizte aber nicht sonderlich danach und stand überhaupt nicht im Rufe einer auffallenden Menschenfreundlichkeit. Sie trieb ihr Wesen, schien's, mehr aus Liebhaberei, aus Freude an der Natur als um des Zweckes willen. Sie war selbst ein Stück Wildnis, die alte einsiedelnde Hegerin.

Titus aber fühlte sich überglücklich, nur einen Menschen zu finden, und grüßte die Alte fast mit Begeisterung. Das Weib, mit dem Rücken ihm zugewendet, hörte nicht oder tat mindestens so. Hell wie einen Jagdruf wiederholte Titus den Gruß. Die Alte, ohne aufzusehen, machte eine kurze, abstoßende Bewegung, wie ein Mensch,, der vertieft ist und nicht gestört sein will. Betroffen stand Titus und zauderte, ging ihr aber doch den letzten Schritt aufwärts entgegen. Da sprang die Alte herum und mit einem blitzenden Ausdruck in ihrem braunen, von tausend Runzeln zerkerbten Gesichte kreischte sie auf:»Macht fort! Macht fort! Verderbt mir meinen Segen nicht!« Titus stutzte. Sie verschwand in die Büsche, er mochte sich nicht auf eine zwecklose, jedenfalls komische Jagd legen und ließ sie. Er kannte sie ja!

So ging er weiter. Bald erreichte er den Giebel des Berges und stand damit gleichsam an einem Scheidewege. Der Berg schob sich hier in jener Art, welche fast allgemein landesüblich »Zwickgabel« heißt, zwischen die Wände des Mühltales und schloß dieses. Noch schlängelte sich das Tal schluchtartig in die Einfugen hinan, oben aber suchte der Weg scharf über die Wasserscheide hin seine kürzeste Linie ins Felstal. Hier also galt's, ob er diesseits noch ferner herumsuchen oder die Richtung nach jenseits einschlagen wollte.

Inzwischen gab ihm das Betragen der alten Hegerin zu denken. Aufgeregt wie er war, hatte er eine Scharfe der Beobachtung für die geringfügigsten Umstände. Er konnte sich nicht erinnern, daß die Person des »Junggesellen« zu denen gehöre, welche die Rolle einer bösen Vorbedeutung im Volksglauben spielen. Und doch hatte die Alte geschrien:»Verderbt mir meinen Segen nicht!« Sah es nicht aus, als hätte die Alte den Glauben nur vorgeschützt, um ihn abweisen zu können? Und warum wollte sie ihn abweisen? Hatte sie etwas zu verbergen vor den Menschen? Hatte sie ein Geheimnis? Der Gedanke ließ nicht mehr ab von ihm. Immer deutlicher glaubte er zu empfinden, daß die Störrigkeit der Alten mehr gemacht als natürlich war. Dahinter mußte was stecken!

So stand er auf der Weghöhe nach dem Fielstale. Wohin? Das war jetzt die Frage. Er konnte sich nicht entschließen, das Mühlental zu verlassen, und konnte sich nicht Rechenschaft geben, was er noch suche hier. Er glaubte Unendliches zu versäumen, wenn er nicht rasch nach Ebersbach hinüberstürme, und glaubte Unendliches aus der Hand zu geben, wenn er der Gegend hier den Rücken wende. Seine Ratlosigkeit war unerträglich. Ein Augenblick der Verzweiflung überkam ihn. Er fühlte eine Gewitterschwüle in seiner Brust, eine ungestüme, schmerzliche Überspannung, ein leidenschaftliches Gewirr von Ahnungen, einen Zustand, der ihn aufs höchste erfüllte und doch leer ließ. Trostlos sah er das helle, sonnenflimmernde Waldtal hinab, sah zurück nach der Gegend seiner Mühle, dachte an Günter und dachte: wenn der Ungläubige doch recht hätte!

Da fiel ihm die alte Hegerin ins Auge. Sie stand auf einem Baumstrunk in die Höhe gestreckt und sah mit der Hand gegen das Licht aufmerksam nach ihm aus. Augenblicklich wandte sich Titus zum Gehen.

Aber als er ein paar Schritte ins Walddunkel sich zurückgezogen hatte, blieb er stehen und überlegte von neuem. Hat ihm die Alte stets so aufmerksam nachgesehen? Warum sieht sie ihm nach? Geht es sie an, welche Wege die Menschen nehmen? Hat sie für etwas zu sorgen, etwas zu bewachen, verheimlicht sie doch etwas? Diese Fragen stiegen ihm sofort wieder auf. Rascher flog sein Puls, seine Wangen brannten, der Gedanke berauschte ihn, daß er eine Spur hier entdecken könne. Ach, wer ihm gesagt hätte, wo die Waldhütte der Hegerin stand! Aber konnte sie ewig botanisieren? Soll er nicht abwarten und ihren Heimgang belauern?

Titus hat Feuer gefangen. Er ist nicht mehr Herr dieses Gedankens, er ist sein Sklave. Er muß ihn ausführen, er kann nicht anders. Er erklettert eine Föhre am Waldsaum, legt sich mit flachem Leibe luchsartig auf einen Ast und verliert keinen Blick von dem alten Weibe.

Das war ein peinvolles Liegen! Wie langsam träufelten die schönen, morgengoldnen Minuten auf das fiebernde Haupt des Jünglings! Wie gleichgültig stand die Sonne am Himmel und strickte ihr Tagewerk und atmete nichts als Geduld dazu! Schwindelnd dachte Titus an die Fülle des Lebens seit der gestrigen Badestunde, schwindelnd dachte er, was von den nächsten Augenblicken er hofft – und da sickert und rieselt die kostbare Zeit an ihm hin, tatlos, nervlos, ereignislos! Wenn er sie doch verliert, diese kostbare Zeit! Wenn die schöne Wanderin, die er meint, Gott weiß, auf welchen Straßen treibt, indes er da liegt! Und da liegt er und schaut der Sonne zu, wie sie auf meilenweiten Waldflächen jedes Läublein lackiert, wie sie mit ihrem Goldpinsel jeden Grashalm und jedes Blütenfederchen betupft, wie sie durch die Föhren von einer Nadel zur anderen ruckt und seitwärts durch seine Wimpern hereinglitzert in die müden Augen, denen der Schlaf einer Nacht fehlt! Fallen sie ihm zu, diese Augen? Schläft er ein? Nein, er bleibt gespannt! Keine Bewegung des alten Weibes im Gestäude entgeht ihm.

Endlich richtet sie sich auf, die Alte; sie hat genug gezupft und gerupft. Sie zieht die Enden ihrer Schürze, die sie voll gesammelt hat, durch das Schürzenband, rückt ihr Kopftuch zurecht und greift zum Weißdornstock. Keine Aktion auf allen Bühnen der Welt hat ihre Zuschauer je so interessiert, als diese Bewegungen den Jüngling in Atem setzen. Sie geht. Das ist ein Marsch, der unserem Helden wichtiger dünkt als einer von Xerxes oder Napoleon!

Mit brennendem Auge verfolgt Titus ihre Richtung. Oft genug verbirgt sie das Buschwerk und nur ein Zittern der Zweige oder ein auffliegender Vogel verrät ihren Gang. Nach einigen hundert Schritten ist die Schonung zu Ende und jetzt kommt eine Waldblöße, eine dürre Geröllhalde, welche nur mit Bändern von Brombeeren übersponnen ist. Über dieses ungedeckte Stück Weges huscht das Weib mit einer seltsamen Eile, dabei scheint sie niederzuducken und sich kleiner zu machen, als sie ist. All diese Erscheinungen beobachtet Titus genau, ja, seine Einbildungskraft übertreibt sie vielleicht. Jetzt ist der Augenblick auch an ihm. Er verläßt seinen Baum, seine Jagd beginnt. Auf der Höhe des Berges geht er der Hegerin zur Seite, welche tiefer unten am Abhange geht. Aber beide Bahnen sind von der Natur nichts weniger als vorgezeichnet. Regellos fasert das Wegband sich oben und eine Sache des Zufalls scheint es unten, ja, die Alte macht sich den Weg fast auf eigene Hand. In jedem Augenblicke fliehen die Linien auseinander; biegt diese nach rechts, so geht jene nach links, steigt diese auf, so fällt jene ab, ein unmerklicher Winkel verändert sich flugs zu einer verwickelten Seiten- und Gegenstellung, öfter auch rücken die Wege sich nach, eine unbewachte Wendung, und sie fallen in einen Punkt zusammen. Aber Titus weiß sich gewandt zu finden. Mit einer überlegenen Schärfe des Ortssinnes faßt er die Bodenformen auf und sein schneller Blick leitet ihn richtig auf jeden Schritt.

Die Alte kroch nämlich von den zwei Hochschluchten, welche die Einfugen der »Zwickgabel« ins Mühltal bildeten, längs der einen hinan. Diese Schlucht war aus lauter spitzen, keilförmig ineinander geschobenen Bergwinkeln wie eine Säge ausgezahnt, das heißt, ihre Sohle lief in einem beständigen Zickzack fort. Wer nun der Kontur dieses Weges ein paar hundert Schritte höher an der Berglehne folgte wie Titus, dem erwuchs, wenn sich der Leser dieses Verhältnis versinnlicht, seine Richtung zu den schwierigsten Schlangenlinien und zu Umschweifen ohne Ende. Inzwischen erreichte die Steigung der Schlucht mit jedem Schritte mehr von der Höhe, auf welcher Titus schon war, es mußte also baldigst ein Punkt kommen, wo sie das gleiche Niveau mit ihm gänzlich gewann und aufhörte. Dann konnte die Bodenfigur nur günstiger sein. Das sah der Jüngling mit Sicherheit voraus und er verdoppelte seine Aufmerksamkeit, bis dahin nichts zu verfehlen.

Auf einmal verschwand die Hegerin. Titus hörte weder ihren Fußtritt mehr noch das Anschlagen ihres Stockes auf dem steinigen Bergboden. Augenblicks erkletterte er einen Baum und hielt Umschau. Aber schon im Klettern vernahm er den Laut einer meckernden Ziege, und als er sich umsah, lag dicht vor ihm eine Hütte im Gebüsch.

Die Hütte stand im äußersten Winkel der Bergschlucht, die hier zu Ende ging. Wie ein Vogelnest war sie eingeklemmt in die Erdfalte, die wenige Klafter höher zusammenschloß. Ein dichtes Kopfholz-Gebüsch umgab sie von allen Seiten und ein dünner Wasserfaden, eine von den Quellen des Baches drunten im Mühltal, spritzte zu ihrer Schwelle herauf aus einem Rinnsal, das nur wenige Spannen tiefer lag. Wie gut war das Häuschen versteckt!

Da lag es also! In der Wurzel der Zwickgabel, deren schluchtartige Falte im Dunkel der Nacht einem Wanderer leicht scheinen konnte, als wär' es der Weg ins Fielstal. Hat der Wanderer einen solchen Irrtum begangen und ist er da heraufgekommen, so kann er nirgends anders als bei der Hegerin geherbergt haben. Das ist klar.

Jetzt also muß es sich zeigen, ob er einem Phantom nachgejagt hat oder nicht. Wie schlägt ihm das Herz! Fast fürchtet er sich, etwas zu tun! Denn was ist sein Zustand, wenn er eitel gehofft hat? Er zittert vor der nächsten Minute! Fast möchte er sie hinausschieben.

In der Tat, er hat Ursache zu verweilen. Er darf in die Hütte nicht so geradezu eindringen; er hat sich noch folgendes zu überlegen. War Jenny zu Nacht wirklich hier, so ist sie's jetzt wahrscheinlich nicht mehr, denn die Sonne steht hoch am Himmel. Sie ist wahrscheinlich fort. Wohin? Das muß ihm dann die Hegerin sagen. Aber kann er sich auf den guten Willen dieses Weibes verlassen? Schwerlich! Wie also fängt er es an, die Alte reden zu machen? Durch welche Mittel, durch welche Künste? Darüber denkt er jetzt nach.

Inzwischen hat er auf seinem Baumast bemerkt, daß er durch das Fenster der Hütte fast in einer geraden Linie hineinsehen könnte. Nur das viele Gebüsch vor der Hütte hindert ihn. Aber wie es im frischen Luftzug, der hier oben herrscht, hin- und herschwankt, so gewinnt er zuweilen wirklich eine Durchsicht. In solch einem Augenblicke sah er die alte Hegerin, wie sie, den Rücken gegen das Licht gekehrt, mit den Figuren ihres großgeblümten Kopftuches, das er nur allzuwohl kannte, den Fensterraum ausfüllte. Sie nahm im Tiefgrunde ihres Stübchens eine unbewegliche Stellung ein, und zwar eine kniende, wie es schien. Mit höchster Aufmerksamkeit aber lauschte Titus, als er zu hören glaubte, daß in der Stube geredet wurde. Zwar vernahm er nichts als von dem schneidenden Diskant der Alten, die nach Art der Landleute grell akzentuierte, einige abgerissene Laute. Bald aber geschah noch mehr. Die Alte machte einen Ruck seitwärts, wie es schien, um das Licht einfallen zu lassen, und an die Stelle der hinwegrückenden Kattunblumen trat jetzt – es war nichts anderes! – eine nackte Fußsohle, auf welche die kniende Alte einen Umschlag von Kräutern legte. Seiner nicht mächtig, stürzte Titus vom Baume und stand mit einem Freudenschrei in der Hütte.

Dem Freudenschrei auf dem Fuße folgte ein Angst- und Schreckensschrei zweier Frauenstimmen und nun bietet die Hütte einen Augenblick lang ein so aufgeregtes Bild, daß uns nichts übrig bleibt als gefaßt abzuwarten, bis dieser Augenblick vorübergeht. Die alte Hegerin kreischte und fuhr zornig gegen Titus an, die Fremde, deren wunden Fuß sie bediente, sank bei dem Eintritt des Mannes ohnmächtig in das Bett zurück, auf dessen unteren Hälfte sie gesessen. Titus selbst stand bestürzt zwischen Tür und Angel und der alles verschlingende Blick, womit er das Bild der zweiten anwesenden Person wie im Wirbel ergriffen, wich augenblicklich dem Gefühle der Scham und der Ehre und nicht bedurft hätte es, daß der entblößte Fuß des jungen Weibes sich blitzschnell zurückzog; der Jüngling selbst trat zurück, den Moment leidenschaftlicher Übereilung mit keuschem Sinne verbessernd. Im Weichen aber ergriff er die wütende Hegerin, suchte eiligst ein Goldstück hervor, gab es dem Weibe und sagte:»Pflegt jene Frau wie ein Heiligtum. Wenn der Verband aufgelegt ist, werde ich mir erlauben, wieder einzutreten. Mein Name ist Baron Hornberg.« Damit verließ er die Hütte.

Als er zum zweitenmal eintrat, war die Hegerin still und schlich fort, das Stübchen aber schien atemlos zu lauschen, was für Abenteuer aus dem großen, fernen Weltwirbel jetzt seine Einsamkeit hören würde.

Titus fing zu reden an, aber sein ganzes Wesen war Auge, war Gefühl! Vor ihm saß ein junges, reizendes Weib, jenes Weib, welches den ersten und tiefsten Eindruck auf sein bildsames Jünglingsherz gemacht. Sie war es! Marquise d'Evreux, mußte er sie anreden, – aber noch immer war sie die kleine, süße Jenny für ihn. Er sah sie wieder, jene zarte, rein gebildete Form eines Körpers, welcher im unbegreiflichen Reiz seines harmonischen Baues den Idealen der Bühne ein so schön verwirklichtes Dasein gegeben; jetzt ging leis wie ein Windeshauch, der gegen Wellen streift, ein schauerndes Zittern durch diese Glieder und die groben, von der Hegerin entlehnten Bauernkleider, welche sie trug, waren nicht grob genug, die Schwingungen dieses Zitterns zu brechen. Er sah sie wieder, jene Miene, welche so lange das einzige Bild ihm geschienen, das ein liebwertes Mädchen dem Mannesblick darbieten muß; oft hatte er in diesen Zügen studiert, mit bewußter kritischer Absicht, um jene Punkte zu finden, wo dieses Bild und sein Schönheitsgefühl nicht notwendig sich berührten, – und sie hatten sich überall berührt! Er sah sie wieder, jene Blüten eines untergegangenen Paradieses, jene tausendfältigen Farbenspiele seiner Erinnerung und – drei Jahre versanken vor ihm und alles war wieder Gegenwart! Zwar alles nicht mehr. Jenes rätselhafte Doppelwesen, Mädchen genannt, jener zauberische Lichtwechsel von toller Kindeslust und scheuer Jungfräulichkeit, hatte auf dem Bilde der Frau, die er vor sich sah, Einheit und Ruhe gefunden; ihr Auge schien ihm tiefer, ihre Züge denkender, stiller. Ein Ausdruck von schmerzlichem Weltbewußtsein lag auf ihrem Antlitz, den Titus mit seufzender Rührung betrachtete, und doch befriedigte es wieder – wenn wir so sagen dürfen – seinen männlichen Gemeingeist, daß an die Stelle der mädchenhaften Unschuldsleere der Gesichts-Ausdruck des Weibes getreten war. Wo das Mädchen aufhörte und das Weib anfing in ihr, betrachtete er, wie es schien, auf einer höheren Stufe von Interesse, als er je die Jungfrau betrachtet. Bald war er einig mit sich, sein Wohlgefallen an dem Mädchen wiederzufinden, vermehrt mit dem Wohlgefallen an der Frau, mit jener tieferen Sympathie für ein Wesen, welches durch Geschick und Bewußtsein dem Manne näher getreten ist, seine Liebe zugleich mit seiner Verehrung besitzen, sein Herz zugleich mit seinem Geiste beschäftigen kann. Ach, daß er in diesem Weibe die Gattin des Marquis d'Evreux sehen mußte und ein Glück nur nachempfand, das ein anderer besaß!

Mit dieser Empfindung stand Titus vor seiner vermählten Geliebten. Aber mannhaft kämpfte er gegen sein Herz, wenigstens mannhaft war sein Bemühen, wenn gleich der volle klingende Ton seiner Stimme in Momenten sich trübte.

»Teuerste Frau,« fing er an, »Sie sehen einen Eindringling vor sich, welcher heute auf der Erde wiederholt, was ein schönerer Eindringling gestern Abend im Wasser versucht hat. Onkel Kühleborn, der vernunftlose Elementargeist, hat seine Übereilung noch bitter bereut. Einen Gast hat er von seiner Schwelle verscheucht, der vielleicht nichts wollte, als ein armes, verwundetes Füßchen in seine Flut tauchen, das reizendste Füßchen, das ein Menschenkind je seinen Wellen darbot! Das wurmte den alten Herrn. Mit einer Art esprit d'escalier erschien er mir heute im Traume und trug mir auf, sein Versehen zu verbessern. Er trug mir auf – aber der Traum war so unruhig, der Geist hat so verworren geredet! Ich weiß wahrhaftig nicht mehr, was er gesagt hat. Es blieb mir nichts übrig, als Sie selbst, Madame zu fragen, womit ich Ihnen dienen kann. Vorausgesetzt, daß Sie der Dienste bedürfen und die meinigen nicht verschmähen.«

Nie hat ein weibliches Wesen mit ratlosen Regungen die Erge-
benheiten eines Mannes angenommen als in diesem Augenblicke
Jenny d'Evreux die unseres Helden. Die Angeredete verriet einen
Seelenzustand, welcher ein brennender Kampf der außeror-
dentlichsten Gegensätze war. Fliegend wechselte Freudenrot und
Todesblässe auf ihren Wangen, in ihrem Auge starres Entsetzen
und schwimmende Tränen weicher Rührung. Ihr Blick irrte wildge-
jagt zwischen der Talaussicht durchs Fenster und der Gestalt des
Jünglings: dorthin blickte sie mit allen Zeichen einer Aufregung,
welche in jedem Moment ein äußerstes Unglück erwartet; auf Titus
sah sie vertrauend, aufatmend, empfindungsvoll, aber zugleich
wieder zweifelnd und staunend, mit dem Ausdrucke einer ungläu-
bigen Überraschung. Nichts war sichtbarer in all dieser Verlegenheit, als daß die Redeweise ihres Freundes nicht die geeignete war.
Er sprach in einer Art, welche andeutete, daß er das Schlagwort der
Situation von ihr erwarte, das nämliche aber schien sie von seiner
Seite zu hoffen.

»Sie reden so nonchalant,« sagte sie ängstlich. »Bin ich denn nicht
verraten? Sprechen Sie!«

»Verraten?« rief Titus; »Sie fürchten Verrat?«

»Nicht? Nicht? Mein Verfolger ist mir nicht auf der Spur?«

Titus schlug sich vor die Stirn. »Ha, ein Verfolger! Gut geträumt,
alter Träumer! Aber was fürchten Sie, Madame? Ich weiß von keinem Verfolger.«

»Wahrhaftig? Wozu dann Ihre Verkleidung?«

Titus sah sich an. Er trug jene ländliche Tracht, womit er nach
seiner zweiten Flucht zu seinem eigenen Zwecke sich verkleidet
hatte. Jetzt merkte er, daß er als Baron Hornberg verkleidet schien
in Jennys Augen und mit einer Beziehung zu ihrem Schicksale. Er
beeilte sich daher, zunächst über sich selbst Auskunft zu geben. Er
erzählte seine Geschichte, wie wir sie seit der vergangenen Nacht
kennen, rasch und gedrängt.

Das bedrängte Weib war so sehr mit ihrer eigenen uns noch un-
bekannten Gefahr beschäftigt, daß sie nach diesem Anhören ausrief:
»Gott sei Dank! – Ich danke Ihnen! – Ach, welche Angst! Als Sie
eintraten – ich sah nur, ein Mann war's, und die Augen vergingen

mir. Ich glaube, mein Verfolger träte herein. Als Sie Ihren Namen nannten, – da begriff ich Ihre Tracht nicht – dachte an eine Verkleidung – und noch immer an eine Verfolgung. Aber –« und ihr Auge nahm wieder den schreckhaften Blick an, sie sah zum Fenster längs der Talschlucht aus und sah ängstlich auf Titus.

Titus erriet ihren Gedanken, ihre Furcht nämlich, daß die Verfolgung, die noch nicht da sei, in jedem Augenblick eintreten könne. Er beruhigte sie darüber, indem er ihr mitteilte, welche Sicherheitsanstalten er in der Mühle getroffen.

Staunend sah Jenny ihn an. Es war nur ein Blick, aber die ganze Hochachtung des Weibes vor der männlichen Geistesüberlegenheit lag in diesem Blicke. Für all seine Sorgen und Mühen seit dem gestrigen Abend fühlte sich Titus überschwenglich in diesem Blicke belohnt.

»Und nun, gnädige Frau,« sagte er, »bitte ich um Ihr ganzes Vertrauen. Sie schweben, wie ich sehe, in einer gefahrvollen Lage, erklären Sie mir alles, damit ich alles anwenden kann, Ihnen zu dienen.«

»Ja, ich will Ihnen mein Leben erzählen,« antwortete die Marquise mit niedergeschlagener Seele. »Die Geschichte dieser drei Jahre, seit wir uns nicht gesehen. Ach, es ist eine düstere Geschichte! Wenige Monate meiner kurzen Ehe ausgenommen, habe ich nur Unglück erlebt.«

Titus horchte gespannt. »Meiner kurzen Ehe!« Warum nicht: »Meiner bisherigen Ehe?« Oder überhaupt: »Meiner Ehe?« War die Marquise d'Evreux Witwe? Alle Sinne vergingen ihm.

»Der Mensch, dem ich in dieser Flucht, die Sie da sehen, mich entziehe,« fing die Marquise zu erzählen an, »ist ein Marquis d'Evreux, ein Bruder meines unglücklichen Mannes. Den Marquis Jules d'Evreur haben Sie selbst gekannt. Sie haben ihn geachtet, ja, Sie wären sein Freund gewesen, wenn zwei Männer, welche sich gleichzeitig um ein Mädchen bewerben, zu einem solchen Grade von Selbstverleugnung geneigt wären. Auch hat er, als die schmerzliche Kunde, was sich mit Ihnen zugetragen, in unsere Kreise drang, mit einer ausgezeichneten Ritterlichkeit Ihre Partei genommen, was leider nicht viele taten. Sehr zu seinem Vorteil hob ihn dieser Zug von seiner übrigen Umgebung ab, ja, ich gestehe gern, daß ich von da an seinen ganzen Charakter aufmerksamer würdigen, mich für ihn interessieren lernte. Der Marquis Jules d'Evreux wurde mein Gatte.

Ich hole leider nicht so weit aus, als es scheinen mag,« unterbrach sich mit einem Seufzer die junge Frau, »denn wenige Monate nur, – und ich stehe mitten in dem Unglück, das mich flüchtig in diese Waldhütte getrieben hat. Haben Sie Geduld.

Die Familienverhältnisse des Marquis werden Ihnen flüchtig bekannt sein. Jules war der jüngere von zwei Söhnen eines Emigrierten, in Deutschland geboren, besaß ein mäßiges, aus dem Ruin der Revolution gerettetes Vermögen und bekleidete ein Amt am großherzoglichen Hofe. Der ältere Bruder *Jean Baptiste* galt für verschollen. Unruhig und abenteuerlich im frühsten Knabenalter, war er auf eigene Hand nach Frankreich entlaufen, verführt, wie man annahm von dortigen Seitenverwandten, hielt aber auch denen nicht stand, war dann fünfzehnjährig in die französischen Kolonien Ost- und Westindiens gegangen, wo sein Name von Zeit zu Zeit auftauchte. Die letzte Spur von ihm war, daß er nach erlangter Großjährigkeit sein väterliches Erbe beheben ließ – damals lebte er in Pondichèry. Hierauf verscholl er zehn Jahre lang gänzlich. Ach, wäre er's für immer!«

Die junge Frau hielt inne. Ihre Brust wogte, sie kämpfte mühsam mit einem Ausbruch von Tränen. Nach einigen Augenblicken fuhr sie fort.

»Wir lebten glücklich, Jules und ich. Unsere Glücksgüter befriedigten uns, unsere gesellschaftliche Stellung war die angenehmste, unsere Charaktere vereinigten sich in Harmonie und Kontrast zur schönsten gegenseitigen Wechselwirkung. Wir taten einander nur Liebes. Was an mir lag, so war es mir leicht geworden, der Kunst zu entsagen, Jules dagegen pflegte öfter zu scherzen: »Du hast mir an deiner Theatermuse eine recht schöne Göttin geopfert; ich wollte, ich hätte zum Gegengeschenk einem ebenso schwarzen und gründlichen Teufel abzuschwören.« Ach, daß ich ihn bald beim Worte nehmen konnte! Und daß er sein Wort nicht hielt!

Im fünften Monat unserer Ehe war es, da ließ sich Jean Baptiste bei seinem Bruder Jules melden. Er kam von den kleinen Antillen.

Er kam plötzlich und im Zustand, wie es schien, einer inneren und äußeren Deroute. Mir wenigstens machte er, ich kann es nicht glimpflicher sagen, den Eindruck eines Marodeurs. Sein erstes Begegnis mit mir war das eines Don Juan, der gewohnt ist, zu kommen, zu sehen und zu siegen. Ich wies ihn entrüstet in seine Schranken. Mit heiterer Miene empfing er seine Abfertigung. ›Bravo, Madame,‹ sagte er, ›wir werden gute Freunde sein. Das ist die Art, wie ich bei Frauen, die ich achten soll, stets meine Entrees halte. Ich will die Tugend des Weibes achten; bloß das Geschlecht zu achten, ist eine abendländische Farce, die ich Schulknaben überlasse.‹ Ich ließ das auf sich beruhen, er aber betrug sich, es ist wahr, in den tadellosesten Formen des Kavaliers seit jener Stunde.

So vergingen die ersten vierzehn Tage. Es wurde lebhaft in unserem Hause, wir sahen dem westindischen Schwager zu Ehren mehr als sonst Gesellschaft bei uns. *Jean Baptiste* war ein ausgezeichneter Caufeur. Er hatte die Welt fast in allen Zonen gesehen, er kannte die Staatsgeschichten und die Parteikämpfe der jungen turbulenten Republiken Amerikas mit einer detaillierten Genauigkeit. Nichts schien angenehmer in unseren kleinstaatlichen Kreisen als der Stoffreichtum und die Verve seiner Konversation. Ich selbst hörte ihm nicht ungern zu und war überhaupt zu stolz, in meinem äußeren Benehmen jenen ersten Augenblick ihm zu gedenken. Ich wollte nicht befangener scheinen als er selbst und er, wie gesagt, benahm sich mit Anstand. Nur in Augenblicken, wo er sich unbewacht glaubte, warf er oft einen Blick auf mich – wie ein Tiger aus seinem Hinterhalt springt! Ein Blick, der mir das Blut zu Herzen trieb! Dann graute mir vor dem bedenklichen Gaste.

Vollständig bezaubert aber war *Jules* von seinem Bruder. Auch er zwar gestand mir, daß sein erster Anblick ihn in Verlegenheit gesetzt. Aber was damals der Stempel eines zerrütteten Lebens an ihm geschienen, wurde jetzt auf klimatische Einflüsse und auf die Strapazen einer Welttätigkeit bezogen, davon wir in unserem Kleinstaatswesen keinen Begriff haben konnten. Möglich, daß es wenigstens mitzurechnen war. Kurz, über jenen ersten Eindruck kam *Jules* sanguinisch hinweg und *Jean Baptiste* wurde Herr seiner Phantasie und Tonangeber all seiner Launen.

Ich war so gewohnt, meinen Gatten allein zu besitzen, daß ich jetzt an mich halten mußte, nicht unglücklich zu scheinen. Das Gegenwärtige störte mich in jeder Weise und das Zukünftige beunruhigte mich noch mehr. Wie oft wünschte ich den Westindier weit weg in sein Pfefferland und wie oft zitterte ich, daß sein Abschied eine Lücke nachlassen würde, welche auszufüllen ich nicht mehr vermögend wäre! O wäre ich damals hingetreten vor meinen *Jules* und hätte die erste Schändlichkeit seines Bruders ihm entdeckt; der Verworfene hätte nicht Zeit gefunden, seine übrigen Laster zu entfalten!

Unter den Leidenschaften des älteren Marquis nahm das Laster des Spieles eine Hauptstelle ein. Es wurde seit seiner Ankunft öfter und höher bei unseren Partien gespielt, als es mit dem Dekorum des Hauses, ja, mit den Vermögensumständen der meisten Teilnehmer verträglich war. Beides mochte *Jean Bapiste* zuletzt fühlen, unser Kreis wurde ihm zu enge. Es dauerte nicht lange, so verlegte er sein Hauptquartier nach Baden-Baden. Ich wage es heute auszusprechen: der Marquis war Spieler von Profession, er spielte zu seinem Erwerbe.

Niemand hätte darüber glücklicher sein können als ich. Aber noch war sein Einfluß auf meinen Mann im Zunehmen. Er überredete ihn ein paarmal, nach Baden-Baden mitzugehen – der Ort lag uns so nahe! – und Jules konnte nicht widerstehen. Er glaubte, seinem Bruder gefällig zu sein, und schon hatte er am Spiele selbst Geschmack gewonnen. Als wir endlich im vorigen Frühling, um ein Landhaus zu beziehen, das wir im mittleren Schwarzwalde besaßen, Baden-Baden passierten und einige Tage daselbst Station hielten, da war das Unglück nicht mehr aufzuhalten. Die wenigen Tage verlängerten sich zur ganzen Saison, *Jules* saß am grünen Tische bis tief in den Herbst hinein!

Ach, was für Tage sah ich da, was für ein Schauspiel der menschlichen Leidenschaften! Wie viel selbstgeschaffenes Elend! Wie viel weggeworfenes Gut an Zeit, Geld, Glück und Glückeswert jeder Art! O lassen Sie mich schweigen! Was vermochten meine Seufzer, meine Tränen, meine schüchternen Bitten und Zärtlichkeiten gegen die französische Rage! Diese Wut war meinen schwachen deutschen Händen zu mächtig. Die Nation meines Mannes lernte ich jetzt erst von ihrer schrecklichen Seite kennen. Und wenn ich mir sagen mußte, daß ich hier ewig die Fremde sein würde, während der Bruder schon als Landsmann seine Attraktion auf *Jules* ausübte, so brach ich in bitterster Hoffnungslosigkeit zusammen.

Ich verlebte den Sommer wie im Fieber. Ich sah ein Fieber um mich her und durfte es nicht Krankheit nennen, durfte es nicht warten und pflegen. Die Dehors mußten bis zum letzten Augenblick gewahrt werden. All diese Aufregungen wühlten nach innen. Leicht und lachend fängt die Fiebergeschichte des grünen Tisches an. Erst ist's ein standesmäßiger Zeitvertreib, ein pikantes Rendezvous mit der Poesie des Zufalls. Dann kommt der bittere Verlust, der nagende Selbstvorwurf; aber der Kranke darf nicht berührt werden darum; – was ist's denn weiter? Ein »meditatives Air,« das ihn »interessant« macht! Endlich läßt die leidende Natur auch das Äußere fallen: die verstörte Miene, der hohle Blick, das überwachte, reizbare Wesen, die krampfhaft gepreßten Lippen – das alles ist schon nicht mehr interessant, es ist Jammer! Es fordert offen das Mitleid heraus – das Mitleid der Welt, die Moralpredigten der Gattin. Ich aber predige nicht. Ich fürchtete den Widerspruch der *fausse honte*, wenn ich redete, und schonte sorgfältig Blume und Frucht einer Reue, die ich schon durch sich selbst reif werden sah. Ich bemühte mich indirekt dieser Reue entgegenzukommen, ihr den letzten Schritt zu erleichtern durch mein Tun, durch mein Betragen, nur nicht durchs Wort. Es war eine Zeit jener stummen Aufmerksamkeiten, jener zärtlichen Darbietungen und Nahelegungen, wo alles Wink und Bedeutung wird und die Gatten eine Atmosphäre des Verständnisses atmen, ohne der Sprache sich zu bedienen. Es war ein seelenvolles, unaussprechlich süßes und schmerzliches Element, jene Zeit!

Ich hatte mich nicht geirrt in meinem Manne. Sein weiches, offenes Herz war aufs schönste empfänglich für meine Art, ihn zu behandeln. Es schloß sich mit Enthusiasmus auf gegen mich. Er opferte mir – ich fühlte es tief – das Höchste, was ein Franzose opfern kann, seinen Stolz, seine vermeinte Ehre. Er vertraute mir alles. Seine Schwäche, sein Unglück, sein Zerwürfnis mit sich selbst, seine Sehnsucht nach Umkehr. Kein Geheimnis blieb mehr zwischen uns. Auch sein Verhältnis zu seinem Bruder vertraute er mir; es war längst im stillen ein kühleres geworden, ja selbst von einzelnen

Szenen hörte ich jetzt. Ich hörte ferner, was ich immer geahnt, daß es sich um eine bedeutende Geldhilfe für ihn handle und daß dies nicht der letzte Grund ihrer gemeinsamen Operationen am Spieltische war.

Was hätte mir in diesem langersehnten Moment zu kostbar sein können, den teuren unglücklichen Mann für immer freizumachen? Ich bot mein eigenes Vermögen an, ich bot die Mittel meiner Familie an, ich bot mich an, wieder zum Theater zu gehen. *Jules* ließ mich nicht zu Ende kommen. Er unterbrach mich mit den stärksten Versicherungen seiner Zärtlichkeit, er beruhigte mich, noch würde er sich anders zu helfen wissen, und wenn er nur den Spieltisch meide, so hoffe er, wieder in Ordnung zu kommen. Dazu aber sei er jetzt fest entschlossen. Nur Scheines halber werde er die Halle noch ein paarmal besuchen, eine Wette über die Berechnung einer gewissen Chance sei eben im Zuge und der *point d'honneur* verlange, daß er die Wette einhalte. Aber auch nicht mehr werde geschehen, unsere Abreise soll nur keiner Flucht gleichen, doch reisen werden wir, seine ganze Seligkeit liege jetzt in diesem Entschlusse.

Meine Freude an jenem Tage war das letzte Aufflackern meines sterbenden Glückes. Und schon zitterte ich in der Freude selbst vor ihrem Gegenteil. Wir standen an einem Scheidewege. Wenn *dieser* Augenblick wirkungslos blieb, dann war alles verloren. Das fühlte ich.

Wirklich verbreitete sich in der Stadt das Gerücht unserer Abreise. Auch meinen Mann sah ich alle Anstalten dazu machen. Es ist kein Zweifel, dem Ärmsten war es Ernst um seinen Vorsatz. Sein Bruder hat ihn verführt. Ich sah ihn wieder inniger mit ihm umgehen – mit Entsetzen sah ich's. O warum läßt Gott solche Geschöpfe leben? Er, er hat das beste Herz für die Empfindung des Guten verdorben!

Jules blieb. Es vergingen wieder Tage, wieder Wochen. Es wurde alles wie zuvor. Vergebens lag ich auf den Knien, weinte, flehte, rief alles Holde und Mächtige an, was in der Brust des Mannes sein Echo findet – ach, was sind Frauentränen? Das Mächtigste in einem Momente, das Eitelste in der Wiederholung! Der Moment war dahin, – mein Ringen errang ihn nicht mehr; es konnte nur zum gemeinen Jammer herabsinken.

So zog ich mich wieder auf mich selbst zurück. Ich trocknete meine Tränen, ich wurde still und vertraute dem Himmel. Ein seltsamer Friede kam über mich. Die Verirrung meines Gatten erfüllte mich mit einem tiefen Erbarmen. Ich empfand die Zärtlichkeit für ihn, die eine Mutter für ein krankes Kind empfindet. Und doch verließ mich die Hochachtung nicht, die sein Manneswort in hundert schönen und unvertilgbaren Spuren mir einflößte. Für diese Art, mit ihm umzugehen, hatte *Jules*, wie es schien, den fühlbarsten Nerv in seiner Natur. Wir genossen wieder liebliche Stunden. Er blieb einigemal vom Spieltische weg. Wir machten öfter Ausflüge in die Umgebungen Badens. Es war ein Herbst, der mit dem schönsten Frühling wetteifern konnte. Ein Tag um den anderen ging zur Bewunderung der Menschen auf. Am 20. Oktober gingen wir in lieber Gesellschaft nach Yburg. Wir gingen zu Fuß, den Schal im Arm, den Sonnenschirm aufgespannt. *Jules* war in liebenswürdiger Laune. Leicht und frei wie ein Wesen, das sich wohl fühlt. Ich freute mich seiner Stimmung. Nicht daß ich zu hoffen wagte, aber ich hatte schon so resignieren gelernt, daß mich jede gute gegenwärtige Stunde allein schon erquickte. Auf dem Rückwege kam uns *Jean Baptiste* entgegen. Er lud den Bruder auf »ein Stündchen« zum Spiele. Ich zuckte zusammen. Nur mit Mühe hielt ich meinen Grundsatz fest, in fremder Gesellschaft nicht dazwischen zu reden. Später habe ich mir eingeredet, *Jules* selbst hätte mit einem zaudernden Blick mich angesehen, gleichsam als wäre es ihm lieb gewesen, wenn ich ihn abgehalten hätte. Weh' mir, wenn ich in seiner letzten Stunde ihn verlassen! Ich wachte zu Hause; ich glaubte, »das Stündchen« abzuwarten. Trotz hundertfältiger Erfahrung glaubte ich an das Stündchen. Bis gegen Mitternacht saß ich in der Veranda, welche die Aussicht aufs Kurhaus hatte. Wiederholt schickte ich das Kammermädchen fort, welche mich an die Oktobernacht erinnerte und zu Bette bringen wollte. Gegen Morgen schlief ich ein in der Veranda. Als ich bei hoher Sonne die Augen aufschlug, war mein erster Anblick – die Leiche meines Mannes! Der Abend war einer der verlustvollsten gewesen – man fand ihn am Wege nach dem Frömersberg mit zerschmettertem Kopfe, die Pistole in der Hand. Er hatte sich erschossen.«

Hier hielt *Jenny d'Evreux* inne. Sie hatte ihre Fassung bis zum letzten Augenblicke bewahrt – sie bewahrte sie noch. Aber müde und tonlos waren ihre Worte verklungen und kaum bis zu Ende hörbar. Jetzt atmete sie auf, erschöpft von dem Kraftaufwande, und sammelte Kräfte zur Fortsetzung. *Titus* wagte nicht zu sprechen. Er fühlte, daß er in Gefahr sei, mehr noch sein Glück als sein Beileid auszusprechen, er fühlte, daß er seines Wortes nicht Herr sei. Unheimliche Stille preßte den Raum der engen Hütte. Eine Goldammer setzte sich ins Fenster und fing ihren hellen, finkenartigen Schlag an. Der muntere Waldvogel jubelte lustig die Stille hinweg. Als er entflogen war, nahm *Jenny* ihre Erzählung wieder auf:

»Ich erlag meinem Jammer nicht. Eine tödliche Nervenkrankheit hielt mich schwebend über dem Abgrund des Todes, aber ich wußte nichts davon. Als mein Bewußtsein wieder zurückkehrte, sah ich's vor meinen Fenstern grün von Tannen, bäumen und bläulich vom Geröll einer Granithalde. Ich lag im Sternhof, unserem Schwarzwälder Landhause. Um mein Krankenbett standen meine Eltern, meine Schwester, ein paar Ärzte, Hausbedienung – auch *Jean Baptiste*, hörte ich, sei anwesend, ich achtete nicht darauf – ich erquickte mich an den Gesichtern meiner Lieben und an dem Gefühle, wie in mir selbst wieder alles zum Leben strebte.

Ich lebte nun in den weiteren Tagen ein Traumleben, von dem ich mir kaum Rechenschaft zu geben wüßte. Alles, was um mich vorging, empfand ich wie einen Schein. In meiner Beschäftigung griff ich zu Kinderspielen und war gewohnt, ja, fand es bequem, mich leiten zu lassen wie eine Unmündige. Aus dem leeren Verrinnen jener Tage weiß ich nur dieses. Ich brachte den Winter, welcher plötzlich und eisern hereinbrach, im Schwarzwälder Landhause zu, das von Offenburg her versorgt wurde. Die Eltern kehrten eines Tags nach Mannheim zurück. Die Schwester und ein Arzt blieben bei mir. Von *Jean Baptiste* und seinen Betreibungen im Hause nahm ich keine Notiz.

Allmählich aber machte er sich selbst bemerkbar. Es war mit dem Einfluß des Schwagers, wie mit einem Efeu, der im Fenster steht: von außen gesehen, sind's zarte Blätter und Zweige, gegen die Stubenwände aber wirkt er ungeheure Schatten und verdunkelt sie ganz – so trat er auf eine öffentliche Art nirgends hervor, im Hausinnern aber griff er mehr und mehr um sich. Was man seiner Ausführung einräumte, wo man sich seine Mitwirkung gefallen ließ

– es mochte noch so geringfügig sein, aber er wußte die Dinge zu wenden, daß eines aus dem anderen floß und alles in seiner Hand blieb. So war der Bediente, der Gärtner, ja, selbst mein Kammermädchen durch fremde Personen ersetzt worden noch im Laufe meines Krankenlagers. Ich bin überzeugt, es war nur durch die Intrigen des Schwagers geschehen. Später, in der Mitte dieses Aprils, ging meine Schwester nach Mannheim zurück, um, wie sie sagte, nächstens wieder zu kommen. Sie kam nicht und gewiß hat es der Schwager hintertrieben. Ich schrieb ihr ein paarmal, aber ich glaube, die Briefe sind unterschlagen worden. Ich zeigte meinen unverhohlenen Verdruß darüber, da bekam ich eine Antwort, aber so voll spitzfindiger, künstlich geflochtener Ausflüchte, daß ich's für möglich hielt, *Jean Baptiste* selbst hat den Brief fabriziert.

Inzwischen fing er auch wieder an, in einem Tone mit mir zu sprechen, welcher der eines Bewerbers war. Ich dankte für seine Galanterien und wies ihm vielmehr die Notwendigkeit, das Haus zu verlassen, da ich ja allein sei und meine Schwester noch immer nicht komme. Auf diese Erinnerung ging er nach Offenburg, besuchte mich aber von dem Städtchen aus und blieb den ganzen Tag lang im Sternhof. Ich verlor zuletzt die Geduld. Wenn von Mannheim niemand kommt, sagte ich, so will ich selbst dahin. Ich drang auf meine Abreise.

Der Arzt widersprach lebhaft. Welche Verkehrtheit es sei, nachdem ich den Winter im rauhen Schwarzwald erduldet, jetzt, wo das kräftige Waldleben anhebe, wo der balsamische Strom der Gesundheit aus allen Quellen der Natur hervordringe, das Land zu verlassen und ins staubige Mannheim zu ziehen. Er malte mir das mit einer hinreißenden Suada aus, er bot das ganze Ansehen der Wissenschaft auf, mich zu überreden. Ich muß aber bemerken, daß dieser Arzt nicht mehr der Ordinarius war, der mir von Baden-Baden gefolgt war, sondern ein Substitut desselben. Jener war nach Baden-Baden zurückgekehrt. *Jean Baptiste* verhielt sich anscheinend neutral. Er stand dabei und ließ den Arzt reden, sagte, er habe keine Meinung, sondern werde ausführen, was Madame beschließen werde. Und als ich auf der Abreise bestand, ging er hin und ordnete alles zur Abreise an. Er tat es gewissenhaft, pünktlich, mit jenem raschen, praktischen Griff, der ihm eigen war.

Diese Willfährigkeit frappierte mich. Ich hatte mich schon als Gefangene betrachtet, ich hatte mich auf einen schwierigen Kampf gefaßt gemacht und fand nun nichts als den ritterlichsten Gehorsam. Sollte ich mich also doch geirrt haben in dem Manne? Ich wußte mir diesen Widerspruch nicht zu erklären. Mein ganzes Nachdenken ward rege.

Zuletzt aber dachte ich so: Der Mann ist noch klüger, als es scheint, und so konsequent, daß er sich auch widersprechen mag. Er hat es bisher mit einem Absperrungssystem versucht, um mich so in seine Gewalt zu bekommen, wie man es eben mit einem schwachen Weibe probiert. Er sieht, das geht nicht, und nun hütet er sich wohl, den falschen Weg zu forcieren und sich zu verraten. Er kehrt bei Zeiten ins Gegenteil um. Er gibt die Blockade auf, er läßt mich reisen. Ob nach Mannheim? Das ist die Frage. Genug, er läßt mich reisen. Und hat er mich erst im Wagen – wie leicht wird es ihm sein, einen Teil der Fahrt in die Nacht hineinzuziehen – ich kenne das Land nicht – die französische Grenze ist in der Nähe – der Tag geht auf und ich bin nicht in Mannheim, ich bin in einem Elsässer Gaunernest, mitten unter seinen Landsleuten, seinen Helfershelfern. Ich bin seine Entführte!«

»Bravo, Madame!« rief *Titus* unwillkürlich dazwischen. »Bravo!«

Jenny fuhr fort: »Von diesem Augenblicke an hatte ich ein Grauen vor der Reise. Ich selbst verzögerte sie jetzt, aber – ich dachte an meine Flucht. Ich studierte jetzt aufmerksam eine alte Wandkarte vom Schwarzwald und komponierte mir stundenlang – eine Marschroute nach Mannheim. Daneben verschaffte ich mir Männerkleider, indem ich mich stellte, daß ich einem artigen Jungen, der mir die Erdbeeren zu bringen pflegte, einen hübschen Anzug schenken wolle. Als ich mit allem fertig war, warf ich mich vorgestern nachts in Gottes Namen in das Abenteuer. Ich wanderte die ganze Nacht und gestern den ganzen Tag fort und habe mich leider verirrt. Gestern Abends fühlte ich mich todmüde, die Füße brannten mir – ich hätte, ich gestehe es, in Ihrem Mühlbache ein Bad genommen.«

Hier endete die junge Witwe *d'Evreux. Titus* stand auf, ergriff ihre beiden Hände und sagte:»Ich danke Ihnen, gnädige Frau. Mit welchem Anteil ich Ihre Schicksale vernommen, könnte ich in den stärksten Ausdrücken sagen, aber lieber noch drücke ich Ihnen meine Bewunderung aus. Sie haben sich mit einem großen eigenen Verdienste gerettet! Mit einer Tat des Nachdenkens und des Mutes. Ich muß Ihrem Geiste und Ihrem Charakter huldigen, mehr als ich je die Fähigkeit hatte, sie zu würdigen. Aber noch eines, gnädige Frau, Ihre Geschichte ist nicht vollständig. Um die ganze Wahrheit zu sagen, sagen Sie auch noch dieses: niemand anderer als *Jean Baptiste* hat Ihren Mann erschossen!«

Jenny stieß einen durchdringenden Schrei aus.

»Um Gottes willen, Baron, das ist –«

»Von Ihren Narrheiten eine?! Sprechen Sie's aus!«

»Entsetzlicher Mensch! Wer sagt Ihnen –«

»Wer sagte mir: in dieser Hütte muß ich die Marquise *d'Evreux* suchen?«

Jenny schwieg betroffen.

Erregter fuhr *Titus* fort:»Ja, Madame, *Jean Baptiste* hat Ihren Mann erschossen. Mit der Weisheit zweier Narrenhäuser beladen, stehe ich da und lehre die Gattin ihren Gatten kennen! Nun und nimmermehr hat ein *Jules d'Evreux* sich aus Spielwut erschossen. Von keinem Selbstmorde, von einem Brudermorde ist hier die Rede.«

Jenny stierte ihn sprachlos an. Auf einmal stürzte sie in die Knie, bedeckte das Gesicht mit den Händen und rief aus:»Bei allem, was wahr ist, Sie haben recht! Während Sie sprechen, durchlaufe ich im Geiste meine Ehe – eine ganze Jahresreihe und mehr – und alles ist richtig. Ich sehe alles in einem neuen Lichte jetzt. Ja, ja, *Jean Baptiste* ist sein Mörder! Nichts anderes ist wahr als das! O Gott, und ich war blind und hab' ihn gelästert in sein heiliges Grab hinein. *Julius, Julius,* verklärter Geist, schuldloses Opfer, nimm die Sünde von mir! Nimm mein Leben von mir! Auf meinen Knien bitte ich dich, reiner, zürnender Engel –«

Und maßlos überließ sich das Weib ihrer Verzweiflung, ihrer Hingebung.

Titus stürzte sich, wie ein Schwimmer in die See, in den Sturm dieser Leidenschaft und überhäufte das geliebte Weib mit allem Trost seiner Liebe!

Auf einmal veränderte sich die Szene. In der Ferne des blauen Himmels fing eine rußige Wolke an aufzusteigen, schwarz und dampfend wie aus einem Schlot. Es war in der Gegend des Mühlberges.

Bei diesem Zeichen, daß ein Verfolger im Bereiche sei, fürchtete *Titus* das Ärgste von der Gemütserschütterung seiner Schutzbefohlenen. Er beeilte sich daher, kräftigst gegen die Schwäche der weiblichen Nerven den weiblichen Heroismus aufzurufen. »Wohlan, Madame,« rief er, »dort kommt der Mann, dessen Stunden gezählt sind. Mut! Das Andenken an Ihren Mann, Ihr Recht, Ihre Rache muß Ihnen Mut geben. Zeigen Sie jetzt, daß Sie ein Weib sind! In solchen Augenblicken ist Ihr Geschlecht das stärkere. Fassen Sie sich, bleiben Sie fest in diesem Augenblicke!«

»Ist's möglich? Er wagt es wirklich, der Elende?« rief *Jenny* mit blitzenden Augen. Und heftig ergriff sie die Doppelflinte, welche *Titus* bei seinem Eintritte abgelegt hatte, und stand drohend da.

Titus betrachtete sie mit Entzücken. Er zürnte sich, daß ihm *Jeanette d'Arc, Johanna von Montfaucon* einfiel, – was das Mädchen nur gespielt, die Frau war es selbst jetzt!

»Ich sollte nun hinweg nach der Mühle,« sagte er. »Aber ich sehe ein, ich darf Sie hier nicht allein lassen. Wir wollen unsere Hegerin hinabschicken, ein kluges, bedachtvolles Weib, die soll uns Kundschaft bringen, wer und was da ist. Möglicherweise ist es nicht der Marquis selbst, nur ein Ausspäher von ihm. Indes finden Sie Zeit, liebes Fräulein – gnädige Frau, sage ich, sich gänzlich zu erholen, und muß ich dann selbst hinab, so kann ich Sie später mit mehr Beruhigung verlassen.«

Die Marquise legte die Doppelflinte aus der Hand und gab die Hand mit einem dankbaren Blick dem Baron. Dieser küßte sie feurig.

Bald war die Hegerin, welche sich in der Nähe hielt, gefunden und zum Nötigsten angewiesen. Die rüstige Frau nahm ihren Weißdornstock zur Hand und schritt unternehmend aus.

Inzwischen hatte die Sonne ihre Mittagshöhe erreicht. Die Strahlen, welche sie bisher schräg in die Hütte geworfen, zog sie jetzt zurück und sonderbar dunkel ward es im Innern der Stube. Im

Walde ruhten die gesättigten Tiere unter den kurzen Schatten der Bäume. Wie auf ein Zeichen war die große Symphonie des Vogelgesanges verstummt und das geistlose Summen der Fluginsekten klang wie das Stimmen von Instrumenten, welche eine Pause ausfüllen. Nur der Bachsprudel vor der Hüttenschwelle murmelte fort wie sonst. Auch das Glöcklein der weidenden Ziege läutete nicht mehr; sie mochte irgendwo hinter einem Geröllblock liegen und im Halbschlummer wiederkäuen.

Nichts schien ein grellerer Abstich als diese ruhige Panstunde und die tragisch bewegte Lage des Menschenpaares, welches darin als Staffage stand. Und doch war es nicht so. *Titus* atmete mitten zwischen Flucht und Verfolgung einen seligen Frieden. Wir können es einmal nicht leugnen und niemand, der einem gesunden Egoismus sein Recht gibt, wird es zu leugnen verlangen: *Titus* war glücklich! Alles, was er Unglückliches gehört, hatte ihn froh gemacht. Denn alles drückte die eine Tatsache aus: Jenny war frei! und sein Leben hatte wieder einen Sinn.

Ebenso werden wir *Jennys* mit Blut eingeweihtes Unglück nicht entheiligen, wenn wir das Innere ihres Herzens jetzt belauschen und es sprossen und blühen sehen vom Wiedererwachen süßester Glücksahnungen. Hat sie doch ihr blutender Fuß auf einer Flucht voll Angst und Gefahr in die treuesten Arme getragen! Unverhofft wirft ihr der Augenblick, da sie es am wenigsten geträumt, aus dem Kranze ihrer Mädchentage eine schöne, unverwelkte Blume zu, den Freund, der hohe Anrechte an sie besitzt, der allein mit dem Grab ihres Gatten in keinem Widerspruch steht. Und wenn sie nicht, wie *Titus*, von Heiterkeit strahlt und wenn der Ernst ihres Lebens in Blick und Zügen noch tragischer liegt, so rieselt doch schon ein schmelzender Hauch durch diese Züge, ähnlich dem Märzbrünnlein, welches mit seiner Wärme die Kristalle seiner Eisdecke löst und bald auch prangende Borde voll Veilchen und Vergißmeinnicht verspricht.

Jenny hub an:»Baron, ich bitte Sie jetzt ausführlicher um Ihre Geschichte. Sie haben zuvor einen Abriß hingeworfen, kurz und flüchtig, und, aufrichtig gesagt, meine Sinne waren noch flüchtiger! Angst und Überraschung nahmen mich allzusehr ein. Ich bitte Sie, haben Sie Geduld mit mir. Ich will jetzt gesammelter zuhören.«

Titus erzählte. Aber wie anders klang jetzt seine Geschichte als zwölf Stunden zuvor im Gespräche mit Günter! Dieselben Begebenheiten lagen jetzt da wie eine düstere, aber schön beleuchtete Landschaft und auf jeden Punkt fiel das Licht seiner Liebe. Und wenn er sich angestrengt hätte, er fand die Farben des Unglücks, die Naturlaute der Verzweiflung nicht mehr; er erzählte kein Leiden, keinen Verlust. Seine Erinnerungen tränkte das Rosenrot der Gegenwart, die Seligkeit der Versöhnung. Er sprach die Sprache der Liebe, indem er die Henkerkünste der Grausamkeit erzählte. Als er zu Ende war, setzte er hinzu: »Und damit, liebste Frau, dürfen wir beide uns trösten: wie viel wir gelitten haben, wir haben auch gehandelt. Im äußersten Augenblicke war ein Etwas in uns, das reichte uns rettend die Hand. Ein rascher Gedanke, eine richtige Tat. So stehen wir heute, wie es scheint, noch mitten in der Gefahr und doch, fühl' ich, ist alles zu Ende. So glauben unsere Verfolger, mein Vormund, Ihr Schwager, wie klug sie praktiziert, und doch wälzten sie nur einen Stein, der bald auf sie selbst zurückrollen wird. Darum dürfen wir froh in die Zukunft schauen. Wir dürfen keck das neue Leben ergreifen – gewiß, es ist unser! Es ist's! Wir wollen unser Unglück rächen und dann verschmerzen. Was mich betrifft, vielleicht war es nur eine Grausamkeit der Menschen, nicht meines Schicksals, was ich erlitten. Ich war ein Mensch, voll Torheit und Tüchtigkeit, ich bescheide mich, der Weg meiner Bildung ging durch das Leiden. Ich verstand das Beste zwar zu begehren, vielleicht war ich unreif, es zu besitzen. Sie, meine unschätzbare Freundin, müssen sich anders trösten. Sie müssen bedenken, daß die Vollkommenheit selbst eine Schuld ist. Sie haben Ihr junges Leben so schon, so glücklich, so fähig angefangen, so applaudiert vom Entzücken der ganzen Welt, daß sie dadurch allein schon der Nemesis verfielen. Sie waren dem Neide der Götter ein Opfer schuldig und – Sie haben dies Opfer gebracht! Wenn Sie jetzt noch einmal glücklich sind – und Sie können es werden, indem Sie mich glücklich machen, es ist mein heißester Wunsch! – so wird es ein Glück voll ungetrübter Ruhe sein.«

Jenny bedeckte ihr Antlitz und – *Titus* fühlte, welche Regungen sie verbarg. Innig schlang er seine Arme um sie, sie neigte sich gegen ihn und ihr Kopf ruhte an seiner Brust.

In diesem Augenblicke sah man die alte Hegerin herankeuchen. Ihr folgte ein Knabe, derselbe, welchen *Titus* beordert hatte, im Notfalle nach Ebersbach zu kommen. Beide glühten vor Eifer und vor der Hitze des Sommermittags. Der Knabe erzählte: Ein gelber, wütender Mensch, ein Ding, wie eine feurige Zitrone, schieße seit neun Uhr in der Mühle herum, mit Augen, als ob er glühige Kohlen von sich würf'. Günter habe ihn auf den Mühlberg geschickt und geheißen, eine Fichte in Brand stecken, dann aber gesagt:»Ich bin mir diesmal nicht klug genug und Vorsicht schad't nicht. Lauf auch nach Ebersbach hinüber und sage in der Post: ›Es ist einer da!‹ Du kriegst was.« Aber am Fuße der Zwickgabel habe ihn die Hegerin aufgefangen, sonst wär' er schon weiter als ein Bolz.

Titus stand auf. Er nahm seinen Hut, er warf seine Flinte um. Jenny erbleichte und zitterte. Unwillkürlich vergaß sie ihres schmerzenden Fußes und sprang auf und ihm nach. Titus sagte französisch:»Sei ruhig, Geliebte. Ich komme in längstens zwei Stunden zurück. Ich werde jetzt nichts unternehmen, was eine Gefahr hat. Ich werde nichts tun, als ihn zum Tale hinauslügen und sein Vertrauen ködern, daß ich ihn in der Hand behalte. Die Abrechnung mit ihm kommt später. Adieu! Ich lasse dir den Buben hier, es ist ein Kind voll drolliger Lustigkeit. Er wird dich zerstreuen.« Damit schenkte er dem Knaben einen Silbertaler, worauf die angerühmte Lustigkeit desselben sogleich hervorbrach. Titus ging. Mit unaussprechlichen Blicken folgte ihm Jenny.

Als Titus in die Nähe seiner Mühle kam, sah er schon von fern ein rasches ungeduldiges Wesen vor dem Gehöft hin- und herrennen. Es war Jean Baptiste. Eine feurige Zitrone hatte ihn der Talbube genannt und in der Tat war der Mann damit gezeichnet. Der mulattenähnliche Teint seiner Haut, die nervöse Unruhe seiner Bewegungen. Sein Gesicht war pockig und fleckig auf eine sehr auffallende Weise, seine Augen von einem Strahlenkranz tiefer Furchen umgeben. Das Auge selbst hatte ein loderndes, aber äußerst unstätes Licht. Seine Gesichtsmuskeln spielten in beständiger Zuckung. Sonst war die Grundform des Kopfes eine regelmäßige, sogar schöne; Titus erkannte ohne Mühe den Familientypus der d'Evreux. Nicht lange hatte er Zeit, diese verhängnisvolle Persönlichkeit zu betrachten, als der Marquis sogleich auf ihn losstürzte.»Ah, Ihr sein der Führer des jungen Menschen gewesen, der hier durchpassiert?«

Titus stimmte diesen Worten, in welchen er sofort Günters Gelehrigkeit erkannte, zu. »Und wo sein der junge Mann?« – »Ich habe die Frau Marquise auf die nächste Station nach Mannheim begleitet.« – »Marquise! Mannheim! *Que le diable vous emporte!* Woher wollen Ihr wissen – Ihr sein ein Spion, ein – *traître!*« – »Gemach, mein Herr, ich denke, Sie werden mich nötig haben, wenn ich anders Ihre Interessen recht verstehe. Sie nehmen doch ein Interesse an der Frau Marquise?« – » *Mille tonnerres*, welche Unverschämtheit! Wer braucken su wissen – wer sein Sie, *Monsieur le meunier soi-disant?*« – »Ich bin ein Sohn des Hofmechanikus in Stuttgart,« sagte Titus französisch, »und halte mich beim Müller, meinem Verwandten, hier auf, um eine neue Konstruktion im Mühlenbau zu probieren. Hören Sie mich an. Ich dränge mich nicht in fremde Geheimnisse, aber Sie werden es wohl natürlich finden, daß die junge Dame, die ich zu begleiten das Vergnügen hatte, mir manches anvertraute. Das übrige erriet ich von selbst. Mich kümmert Ihr Roman nichts, mein Herr, aber da ich ihn einmal kenne, so habe ich auch ein Urteil darüber. Und es wird Ihnen gewiß selbst lieb sein, wenn ich dies Urteil ausspreche. Ihr Weg war ein falscher. Sie sind ohne Zweifel ein ausgezeichneter Geist, ein Geist von bewunderungswürdigen Hilfsmitteln, und ich bedaure, daß Sie nicht reüssiert haben. Aber auch Ihre Partnerin scheint ein Wesen von seltenen Fähigkeiten. Ein Charakter, welcher keine Art von Zwang, weder direkt noch indirekt duldet, ein Verstand, welcher die feinsten Berechnungen eines anderen Verstandes durchschaut. Ihre Manövres auf dem Sternhofe wurden wohl durchschaut. Sie haben mißfallen, Sie haben erschreckt. Man entzog sich ihnen durch die Flucht.« – Der Marquis zuckte zusammen; Titus fuhr ohne Unterbrechung fort: »Desungeachtet möchte ich nicht behaupten, daß Sie gar keine Aussicht haben. Nur forcieren Sie nichts. Geben Sie Ihr bisheriges Stratagem auf, es war ein Mißgriff. Machen Sie es vergessen. Kehren Sie ruhig nach Offenburg zurück, wenn ich Ihnen raten soll, und lassen Sie die Marquise in Mannheim. Später sieht man sich dann wohl wieder, tut, als wenn nichts geschehen wäre, oder spricht höchstens von einem Mißverständnis. Kann ich selbst dabei dienen – mit Vergnügen. Als die Marquise hörte, daß ich eine Braut in Heidelberg habe, die ich nächstens besuchen würde«, – bei dem Worte »Braut« sah der Marquis sehr froh überrascht aus – »so wurde ich mit großer Liebenswürdigkeit nach Mannheim eingeladen. Ich gedenke, die Einladung zu benützen. Vielleicht kann ich Ihren Mittler machen. Ich werde Ihre Chancen wahrnehmen und im günstigen Augenblick Ihnen berichten. Dann mögen Sie selbst kommen. Da ich einmal in diesen Roman verflochten bin, so interessiere ich mich dafür. Man soll die Eroberung keines Weibes aufgeben, denn jede ergibt sich zuletzt. Es kommt nur auf die Wahl der Mittel an und auf den Takt, in seinen Mitteln zu wechseln.«

In diesem und ähnlichen Sinne redete Titus. Der Marquis war entzückt. Er schwur ein- über das andere Mal, daß ihm Titus ganz aus der Seele spreche, er nannte ihn seinen jeune ami, seinen généreux protecteur, einen homme de grande intelligence und pries mit einem Schwall romanischer Höflichkeiten das Glück, das ihn solch einen Freund finden gemacht. Er nahm ihn nicht an, er drängte sich ihm auf, bearbeitete und instruierte ihn, wie er in Mannheim seine Partei halten, wie er für ihn sprechen, ihn entschuldigen könne, was er tun, was er nicht tun solle, und verabredete mit einer Zudringlichkeit und Vertraulichkeit, als wären sie jahrelang bekannt und als wäre die Verführung einer Frau ohne weiteres eine Sache des ganzen männlichen Gemeingeistes, einen Feldzugsplan, dem Titus nicht ohne Abscheu zuhören konnte. Und als er ihn zuletzt gar unter den Arm nahm, während die Süßigkeiten seiner gemeinen und übertriebenen Schmeichelphrasen immer widerlicher wurden, da konnte Titus seinen Ekel und Ärger, mit einem Manne, den er aufs Schafott bringen wollte, so umzugehen, nicht länger zurückhalten. Er brach schnell ab, sagte, er müsse fort, und komplimentierte sich mit ihm auf die kürzeste Weise zum Tale hinaus. – Als er den Rücken gewendet hatte, setzte sich Titus hin und zeichnete frisch aus dem Gedächtnis sein Porträt.

Froh wie ein Gott flog er hierauf zu Jenny zurück. »Er ist fort,« sagte er – es fiel kein Wort weiter über diesen Gegenstand.

Zwei Tage noch blieb Jenny d'Evreux zur Heilung ihres wunden Fußes bei der Hegerin herbergen. Es waren Tage einer äußeren Ruhe, aber voll tiefer heimlicher Ungeduld. Die herrlichste Waldsommerpracht tat alles, wenigstens das Äußere dieser Tage zu vergolden. Nicht ohne Rührung nahm Titus von den mancherlei Gedenkplätzen seines Mühltales Abschied, aber doch brannte ihm der

Boden unter den Füßen. Endlich saß unser Paar im Postwagen zu Ebersbach und nun flog's hinaus! Rasch gingen die Tannen und Granite des Schwarzwaldes in das ebene Land über, wo zwischen Rhein und Neckar die heitere Stadt Mannheim liegt.

Titus stand wieder in der Welt. Ein offenes Land – ein zahlreiches Volk – Verkehr auf Straßen und Schiffen – städtisches Leben – Stellung und Gegenstellung – Freunde, Menschen, Namen! Der lang Vereinsamte trug mit einem Schlag die geräuschvolle, ewig unabgewickelte Kette, welche Gesellschaft heißt. Aber in dieser Gesellschaft hoffte er, sich tiefer als je wieder zu vereinsamen, – nicht seine Person, sondern seine Gedanken. Er dachte an Jean Baptistes Gericht.

Aber war der Mann überhaupt schuldig? Im düsteren Schwarzwald, in der Aufregung eines Augenblicks hat er sich's eingebildet. Wird ihm in Mannheim nicht anders zu Sinnen? Die zahme Vernünftigkeit einer gut polizierten Stadt, ernüchtert sie nicht die wilde Kühnheit der Phantasie und ihre grotesken Inspirationen? Ein paar Stunden lang geht er ins Gewissen damit. »Nein!« ruft er endlich, ich lass' ihn nicht los, den Gedanken. Er ist wahr, ich will es!«

Und nun ans Werk! Was für ein Werk? Bizarr genug denkt er sich's aus.

Er hat, wie gesagt, den Kopf Jean Baptistes unmittelbar nach dem Gespräche mit ihm skizziert. Er hat ein Porträt von Jules d'Evreux, ein Medaillon, welches die Witwe am Halse trug, sich aushändigen lassen. Er hat in Baden-Baden den Punkt aufgenommen, wo man am Frömersberg die Leiche des Erschossenen gefunden. Diese Bildwerke schickt er jetzt an den Maler, den wir von seiner zweiten Flucht her kennen und der in der benachbarten Residenz lebt. Den weiht er in sein Geheimnis ein. Er schildert ihm Charakter und Leben der beiden Brüder und den Tod des Jüngeren. Er entwickelt die schauerliche Beweisführung, wie dieser Tod ein Mord gewesen sein müsse. Und nun rückt er mit seinem Anliegen heraus. »Malen Sie mir ein Bild dieser Mordszene!« schreibt er dem Maler. »Malen Sie mir den Moment, wie Jean Baptiste seinen Bruder Jules erschießt. Es soll ein Bild werden, lebensgroß, im Dekorationsstil, und für eine mäßige Zimmerdistanz bei Lampenbeleuchtung berechnet. Es soll wirken wie die Tatsache selbst. Malen Sie grob, drastisch. Der Charakter der Köpfe ist Hauptsache. Wenige Züge, wenige Striche, aber derb, robust! In die Augen springend, erschreckend, schlagend. Ebenso die Gliedmaßen. Nichts als Zeichnung! Kühne, gräßliche Striche – der Mord durch die Gruppe zuckend – alles Leben und Augenblick –gemalt sei's, wie's will. Treiben Sie die Figuren so plastisch als möglich aus der Leinwand. Malen Sie reliefartig, mit tiefsten Schlagschatten. Die Farben mögen gekreuzigt werden, wenn's nur täuscht! Einen Augenblick lang, aber aufs höchste! Ich wünschte sehr, daß Sie die Skizze selbst anlegten. Ausführen mag's ein Schüler, ein Gassenkehrer – wenn nur ein verschwiegener. Fegen Sie das Spektakelstück, ich beschwöre Sie, sobald als möglich zu Ende. Ein Marktbudenkler an Faktur, aber Ihr Geist sei darin!«

So ungefähr schrieb er dem befreundeten Hofmaler, denn ihn selbst zu sprechen, hinderten ihn leider die Betreibungen am eigenen Orte. Aber was wollte er denn? Unsere Leser erraten es vielleicht. Hamlet veranstaltet ein Schauspiel, um die Blutschuld seines Ohms zu enthüllen. Was Hamlet durch sein Schauspiel erreicht, wollte Titus durch einen gemalten Karton erreichen. Die bluttriefende Stunde am Frömersberge sollte im Bilde erscheinen, vor dies Bild der Mörder gestellt werden, plötzlich, unvorbereitet, und ein solcher Anprall sein Gewissen darniederwerfen. Das ist sein Plan.

In den Tagen aber, welche jetzt folgten, sah man ihn selbst wie einen Verurteilten herumwandeln. Es wurde ihm nicht wohl zu Mute bei diesem Geniestreich. Sein altes, tolles Studentenblut, fühlte er, war nicht mehr dasselbe. Wie dämonisch, wie unwiderstehlich zu solchen Taten es ihn immer noch trieb, es trieb ihn nicht mehr blindlings, naiv. Er wußte jetzt, was er tat. Seine Natur war keine einfache mehr, sondern eine mehrseitige. Über dem phantastischen Leichtsinn der Jugend machte sich Mannesernst und Besonnenheit geltend. Seine Kräfte rangen nach Ausgleichung, er stand auf Übergangsstufen.

Tausend Zweifel marterten ihn. Wird der Maler auf diese Tollheiten eingehen? Wird die Kunst nur überhaupt leisten können, was du ihr aufträgst? Wird es verschwiegen bleiben? Wie, wenn es verraten würde? Wenn Jean Baptiste diese ganze Gegend her mit seinen Spionen besäet hätte? Hält er sich wirklich so ruhig in seinem Offenburg oder Baden-Baden? Oder zuletzt – wenn sein Gewissen doch härter ist, als es diese Probe voraussetzt? Diese und unzählige andere Bedenken wälzte er beständig in sich herum. Oft saß er da in Gesellschaft – denn immer meiden konnte er sie doch nicht – wie ein Geistesabwesender und gab verkehrte Antworten. Oft hörte er gar nicht.

Jenny war von all diesem Wesen ein stummer Zeuge. Sie ahnte, was vorging, aber sie wagte nicht, den Mund zu öffnen. Gern hätte sie ein Wort der Gnade eingelegt, da sie sah, wie sehr es den Geliebten selbst angriff. Ein einziges Mal versuchte sie es, ihn auszuholen, und sprach im Sinne der Güte. Aber Titus antwortete wild: »Güte und Feigheit sind Geschwister!« und brach ab davon.

Hätte er auf dem planen Wege der Vernunft seine Zwecke erreichen können, – allerdings, es wäre ihm lieber gewesen. Aber eines stand fest für ihn: die Witwe des Gemordeten mit Gerichtsaussagen und Zeugenvernehmungen möglichst zu verschonen! Ein Anklageprozeß auf Verdacht aber ließ diese Schonung nicht zu. Ewig wünschenswert war es daher, daß das überraschte Gewissen sich selbst anklage. Hier lag für Hamlets Inquisitionsverfahren der Reiz, der immer von neuem lockte. Hier behielt die Romantik über die Wirklichkeit recht. Hier konnte das *salto mortale* eines kühnen Wagens über die Längen der prosaischen Geschäftsweisheit mit einem Male hinwegspringen. Und dieser Vorteil gab immer den Ausschlag. Wie oft er in einzelnen Augenblicken aufschrak über sein Wollen, – er rechnete die ganze Rechnung von neuem durch und entschied sich: es bleibt dabei!

Nicht weniger in Verwirrung befand sich inzwischen der Maler. Das wahr wohl die seltsamste Bestellung in seinem Leben, dieser Auftrag des Barons Hornberg in Mannheim. Der alte Herr schüttelte den Kopf dazu und fragte sich, ob er wohl recht getan habe, dem Baron aus dem Tollhaus zu helfen. Er legte die Sachen *ad acta* und fuhr fort, an einem Staffeleibilde zu malen.

Aber der Antrag ging ihm im Kopfe herum. Der alte Herr irrte sich, wenn er dachte, eine Tollheit so schnell ablehnen zu können. Denn just er selbst war eines der tollsten Künstlergenies seiner Zeit gewesen und trotz seiner grauen Locken, seines Ordens und seiner Stellung bei Hofe spukten noch immer tausend Teufeleien in ihm. Er fühlte bald, daß er in dem außerordentlichen Falle, welcher hier vorlag, vielleicht selbst so gehandelt hätte, wie der andere handelte. Und hatte er bei dem bewußten Fluchtversuch nicht Lust genug am Abenteuerlichen gezeigt? Wahrlich, der alte Herr wird nicht lange an seinem Staffeleibilde malen! Wirklich legte er bald seinen Pinsel hin. Es ging nicht. Die verrückte Bestellung fing an zu gären in ihm. Es verdroß ihn zwar und er lief ins Freie hinaus, die Geschichte sich aus dem Sinne zu schlagen. Aber unterwegs schlug sie sich erst recht hinein. Der gute Maler! Seine Phantasie komponierte bereits, indem er noch schalt auf sie, und Phantasie hatte er wirklich. Er war eben noch ein Künstler vom alten Schlag, keiner der modernen Herren, welche Aktien kaufen und den Kurszettel studieren und besser rechnen als phantasieren.

Genug, der jugendliche Greis rannte in sein Atelier zurück, voll Feuer und Flamme. »Mörner, erschießen Sie mich,« rief er seinem Schüler zu und stellte sich vor den Spiegel in Positur. Der Jüngling stutzte. »Ja, ja, erschießen Sie mich! Aber forsch, ich bitte mir's aus! Nehmen Sie dort das Terzerol. Packen Sie mich mit dem linken Arm von hinten her um den Hals, den Sie mit der Hand vorn zuschnü- ren, und mit der Rechten pressen Sie mir das Terzerol an die Hirn- schale.« Der Jüngling fing an zu gehorchen. »Nicht so matt! Eine rechte Teufelsseele muß in Sie fahren. Nehmen Sie erst Distanz und geben Sie sich einen Schwung. Sehen Sie, ich stehe hier, arglos, und denke an nichts. Auf einmal springen Sie wie eine Tigerkatze mich an – eins, zwei, drei! – bravo! Die Stellung war gut. Ein vortreffli- ches Mördermodell! Ich danke Ihnen.« – Und augenblicklich warf er die Stellung aufs Papier und fing zu arbeiten an und zeichnete und malte und überwachte sich die ganze Nacht bei dem Werke. Am anderen Tage wurde ein wohlversiegeltes Rollenfutteral auf die Frachtpost nach Mannheim gegeben.

»Prächtiger Mann! Das ging schnell,« dachte Titus, als ihm ein Postbote die Bollette zur Abholung des Eilguts brachte. Wie schlug ihm das Herz! Das Bild wurde ins Haus geschafft. Mit Fieberhaft entrollt er den Karton und ist erstaunt. Er prüft in heimlicher Nachtstunde den Effekt bei Lampenbeleuchtung – und ihm selbst sträubt sich das Haar! Nie hat ein Künstler seinen Auftraggeber besser verstanden. Verstanden? Ach, das ist gar kein Verständnis mehr! Das hat er selbst erlebt, der Künstler. Die Zauberdünste des bösen Verdachtes umwirbelten sein eigenes Hirn; der Schrei nach

Rache schrie aus seinem eigenen Herzen. Dieser Nerv! Dieser Schwung! Diese Zuckung in allen Fingerspitzen! Ein Mord, wie von einer Furie gemalt. Gemalt mit dem Ruß ihrer Fackel. Auf seine Knie wirft sich Titus vor dem anbetungswürdigen Klecks: Göttlicher Teufel, das hast du getroffen!

Von dem Augenblicke an ist er um vieles ruhiger. Der Erfolg seines Einfalls, die Wirkung dieses Bildes, scheint ihm kaum noch zweifelhaft.

Und sofort setzt er sich hin und schreibt ein Billet an den Marquis:»Kommen Sie nächsten Sonntag zu einer Soiree nach Schwetzingen. Sie werden die Marquise sehen können. Es wird der rechte Augenblick sein. Alles übrige mündlich. Ich schreibe in Eile.«

In Schwetzingen aber hatte Titus einen Freund, einen Privatmann von Distinktion, Besitzer eines schönen Hauses und Gartens. Mit dem war der Plan verabredet. Der Tag erschien. Der Marquis stellte sich frühzeitig ein, noch vor Abend. Er hatte es so eingerichtet, daß noch Gesellschaft mitfuhr, um mit *Jean Baptiste* eine Unterhaltung, die ihm ein Greuel gewesen wäre, vermeiden zu können. Es fiel kein Wort über *Jenny*.

In Schwetzingen war kaum das *Goûter* zu Ende, als man ankam. *Titus* stellte den Marquis und den Hausherrn einander vor; man wechselte ein paar Worte über Politik und zerstreute sich wieder. Das Sommervergnügen im Garten war noch im vollen Gange. Die ganze Gesellschaft war in einzelne Partien und Gruppen aufgelöst. Hier improvisierte die Jugend einen Tanz im Grünen, dort schossen Herren und Damen nach der Scheibe. Hier wurde geschwatzt und erzählt, dort donnerte die Kegelbahn. Dazwischen gingen die Unbeschäftigten hin und her und gesellten sich ab und zu bald dieser, bald jener Koterie zu.

Die einbrechende Dämmerung machte der Gartenlust ein Ende. Aber noch war die Luft zu schwül, das Echauffement zu groß, um hinauf in die Säle zu gehen. Man promenierte noch in der großen Allee. Das Plaudern und Lachen, das heitere und witzige Sichanreden der Auf- und Abgehenden schwirrte freundlich durch den schattendunklen Laubgang. Später brach man auf zum Souper. Dem Souper voran ging ein kleines musikalisches Divertissement. *Jean Baptiste* verbarg mit Mühe die Zeichen seiner Ungeduld. *Titus* war stets um ihn her und wich ihm stets aus. Er hätte sich geweidet an seiner Qual, wäre ihm selbst leichter zu Mute gewesen.

Nach dem Souper endlich nahm er den Marquis beiseite und flüsterte ihm zu:»Sie haben bisher die Marquise nicht gesehen. Verwundern Sie sich nicht darüber. Ich will Ihnen in aller Eile die Erklärung davon vertrauen. Sie wissen, daß wir Krieg mit Frankreich bekommen. Sie werden den patriotischen Geist des Hauses bemerkt haben. Unser Wirt selbst gedenkt ein Freikorps auszurüsten. Die Soiree ist nicht ohne Tendenz und wird in eine herzerhebende Manifestation auslaufen. Der Hebel dieser Manifestation wird ein lebendes Bild sein. Das lebende Bild wird die Rheinnixe Loreley vorstellen. Sie sitzt, ihre Mandoline im Arm, auf dem berühmten Felsen und stimmt ein Lied an – auch das sei Ihnen verraten: Nikolaus Beckers Rheinlied. Sie werden einen großen Effekt erleben. Einen großen und nachhaltigen Effekt, das kann ich Sie versichern. Bald werden diese Säle von Toasten auf Deutschland widerhallen. Wenn Sie, als Franzose, so artig sind, mitzutoasten und etwa ein geistreiches Bonmot dazu machen, so wird der Applaus ein ungeheurer sein. Die Loreley kann gar nicht anders als Ihnen gnädig begegnen. Die Loreley aber ist unsere bühnenberühmte Marquise, das brauche ich Ihnen kaum erst zu sagen.«

»Ach, Sie sind ein Engel!« brach der Marquis aus, »ich umarme Sie!« *Titus* trat mit Schaudern zurück. »Folgen Sie mir,« sagte er rasch, »ich sehe die Gesellschaft schon aufbrechen.«

Man begab sich in einen Saal, welcher den Speisesaal begrenzte. Es war noch dunkel in dem Saale. Nur ein paar Wandleuchter brannten, der Kronleuchter war noch unangezündet. Seltsamerweise bestand die Gesellschaft, welche sich eingefunden hatte, fast nur aus Herren, das schöne und neugierige Geschlecht fehlte noch. Die Herren standen und gingen im Saale auf und ab, die Konversation war gedämpft und flüsternd.

Auf einmal erklang ein Mandolinengriff. Die Gesellschaft ordnete sich. Alles machte Front gegen die Richtung, woher der Ton scholl. Wieder ein Griff. Da erloschen die Wandleuchter, im Fond des Saales flogen zwei Kulissen auseinander, von einem Réverbère flog ein Schirm zurück und sein wohlgestelltes Oberlicht erhellte ein Bild ...

Der Marquis stieß einen gellenden Schrei aus.

»Ah, das klingt gut!« rief *Titus* rasch und erbarmungslos. Er stampfte mit dem Fuße – vier Gendarmen mit Ober- und Untergewehr traten aus einer Seitentür. –»An den Galgen mit dem Mörder!« donnerte *Titus*, umspannte den Marquis mit Macht und schleuderte ihn den Gendarmen zu.»*Mon Dieu, je suis un homme perdu!*« stöhnte der ohnmächtig Zusammenbrechende.

»So will ich meinen Gott nicht wieder versuchen,« sagte *Titus*, als er diesen Hergang seiner Braut erzählt hatte.»Nur meinem Vormund bin ich noch Gerechtigkeit schuldig. Auch der soll jetzt dran.«

Jenny sah mit einem Blicke zu ihm auf, der alles zugleich ausdrückte: Erstaunen, Vorwurf, Bitte.

Titus verstand sie, denn seine Antwort klang wie Entschuldigung.»Überdies bin ich während meines Aufenthaltes in der Waldmühle großjährig geworden,« setzte er hinzu,»seine Rechenschaft ergibt sich von selbst.«

Jenny stand auf. Sie legte das Blatt, an dem sie gezeichnet hatte, hin und legte ihre Hand auf den Nacken des Jünglings.»Ich bitte dich, Titus!«

Titus schärfte die Lippen. Er sah stumm vor sich hin. Mit einer wenig unterdrückten Empfindlichkeit sagte er:»Du gehst unbillig mit mir um. Dir gab ich Genugtuung, ich aber soll sie entbehren.«

Jenny antwortete:»Und was ich selbst dabei gelitten – doch nein! Ich will den Dank, den ich dir schuldig bin, nicht schmälern. Ich denke nur, der Fall ist um vieles ein anderer.«

Titus besann sich.»Du hast recht,« sagte er.»Jean Baptiste war ein Mörder und mein Vormund – alles in allem – ist doch nur ein Lump! Du hast recht.« Und mit einem Humor, der nicht ohne natürliche Vornehmheit war, warf er leichtblütig hin:»Glücklicher Hallunke, du sollst mit dem Schreck davon kommen. Ich will mir einen Scherz mit ihm machen und dann – ihn laufen lassen.«

Was meinte Titus damit?

Es war, wie unsere Leser zuvor schon gesehen haben, zur Zeit der ägyptischen Frage. Am deutschen Rhein sollten die Kämpfe des Nils ihre Entscheidung finden. Thiers hatte sein »Memorandum«, drei Tage danach sein »Ultimatum« nach London geschickt. Vom

Kriege trennte uns nichts mehr, als daß der König der Franzosen seinen Kammern persönlich die Worte sagte, welche sein verwegener Premier schon längst sagen gedurft. Nichts als die Formfrage, ob der König die vorgelegte Thronrede annehmen werde oder nicht, lag zwischen Frieden und Krieg. Nach allem Geschehenen aber konnte das kaum noch die Frage sein. Mit Recht hatte daher Preußen seine entschlossene Hand ans Schwert gelegt. Es verbot die Pferdeausfuhr nach Frankreich, – ein erster feindlicher Schritt, denn unser lebhafter Nachbar befand sich leider sehr übel beritten in jenen Tagen. Es schickte seine Kriegsobersten aus, die Wehrhaftigkeit Deutschlands an den Höfen und in den Bundesfestungen zu betreiben. Es hieß seine Heere sich in Kampfbereitschaft halten. Es füllte seine Magazine mit Proviant und Kriegsvorrat.

Als *Titus* vernommen, daß sein Vormund bei den Lieferungen dieser Vorräte sich erheblich beteiligte, war sein erster Ausruf gewesen:»Gott schütze die preußischen Kassen! Jetzt plündert er Staaten, nicht mehr Privatpersonen.« Denn mit dem raschen Instinkte, den wir an ihm kennen, fühlte er sofort, was in solchen Zeitläuften und bei solchen Geschäften die Berechnungen eines Mannes, wie sein Vormund war, sein würden. Mitten in der allgemeinen Begeisterung nämlich sah er jenes fuchs- oder hamsterartige Geschlecht der»Gewiegten« durch die Gesellschaft schleichen, welches an keine Begeisterung glaubt und mit winkelzügigem Wagnis Nationalopfer in Privatvorteile verwandelt. Diese Menschen lasen gleichsam mit einer natürlichen Verwandtschaft in der Seele des französischen Königs, sie fühlten die Chancen des Friedens an ihrem eigenen Krämersinn und zahlten sich in schmutzigen Kalküls die Prämie eines feigen Bewußtseins aus.

Kurz, Titus war überzeugt: sein Vormund würde auf den Frieden spekulieren, die Kriegslieferungen größtenteils auf dem Papiere machen, Magazine und Arsenale leer lassen, desto reichlicher aber seine Taschen füllen.

Mit einem eigentümlichen Lächeln fuhr ihm daher der Gedanke durch den Kopf:»Wie, wenn man im letzten Augenblicke, da es am wahrscheinlichsten klingt, der Welt den Krieg verkünden könnte? Ein solches Gerücht könnte freilich nur Lebensdauer haben auf einige Stunden: aber diese Stunden müßten dem alten Sünder heiß auf die Diebsfinger brennen!« Das war der Schreck, mit dem er davon kommen sollte, wie er seiner Jenny versprochen. In der Tat ließ ihm der Gedanke keine Ruhe mehr. Es reizte ihn, so etwas einzufädeln. Er erinnerte sich, daß er in Heidelberg einen Universitätsfreund gehabt, einen jungen, fähigen Mann von guter Familie, voll Keckheit und Teufelshumor. Ein wahrer Gesinnungsbruder von ihm. Derselbe war jetzt bei der preußischen Gesandtschaft in Paris angestellt und bereits, wie es verlautete, ein »interessanter Charakter« der Weltstadt. Mit diesem beschloß Titus zu komplottieren. Sehen wir zu, wie es ihm gelang.

Es war am Jahrestag der Leipziger Schlacht. In einer preußischen Provinzialhauptstadt füllten am Abend des festlich begangenen Tages eine Anzahl Honoratioren ihr Kasino. Patriotische Toaste begleiteten die Genüsse eines gewählten Soupers, schwungvolle Festreden gingen der Tafel voran und folgten ihr. Die Erinnerung der großen Befreiungsschlacht, welche die meisten Anwesenden persönlich mitgemacht hatten, entzündete lebhafter als sonst heute die Geister. Die Thronbesteigung eines hochgeistigen Fürsten, die Rüstungen gegen Frankreich, der Kölner Dombau: das waren Ereignisse der jüngsten Gegenwart, welche dem Nationalaufschwung der Befreiungskriege mit wetteiferndem Glanze gegenüberstanden. Was Wunder, daß der politische Meinungsaustausch die Versammlung bewegte, wie schon seit langem nicht, und die verschiedenen Tendenzen und Ideale der Parteien sich ungescheut aussprachen.

»Meine Herren!« erhob sich ein Redner und schwang den Römer voll Rheinwein, »lassen Sie uns anstoßen auf die Freiheit im Sagum und in der Toga! Die Waffen Brandenburgs hoch! Ihr Klirren und Rauschen ist der Freiheit ein günstiges Omen. Die Worte von Kalisch werden eine Wahrheit werden, wie Leipzig und Waterloo eine Wahrheit sind! Meine Herren, bringen wir diesen Römer dem neugekrönten König, dem Philosophen, dem Künstler, dem Perikles auf dem preußischen Throne, dem Enkel des Mannes, der es müde war, über Sklaven zu herrschen!«

Indes die Gesinnungsgenossen dieses »Liberalen« den Toast mit Jubel aufnahmen, beobachteten die übrigen ein peinliches Schweigen. Am Ende der Tafel erhob sich ein Mann – ein Greis sollten wir sagen, denn seine vorgebückte Haltung und sein weißes Haupt deuteten auf Alter. Aber lebhaft gesund war seine Farbe, seine Gesichtsmuskeln straff und namentlich um den Mund mit einem eigenen, fast unbarmherzigen Ausdruck gespannt. Ebenso hatte sein Auge einen festen, energischen Blick oder konnte ihn haben, denn größtenteils schlug er es nieder. Seine Stimme klang aus einer kräftigen Lunge und erhielt nur durch die zahlreichen Zahnlücken eine greisige Klangfarbe. Viele Augen folgten dem Aufstehen dieses Mannes.

»Meine Herren,« rief er, »ich bitte um Ihr Ohr. Wir haben mit Bedauern gehört, daß in dieser Versammlung das Wort »Sklaven« ist ausgesprochen worden. Wir protestieren gegen diesen Ausdruck. Der Ausdruck hat für keine Generation des preußischen Volkes gepaßt, am wenigsten für die heutige paßt er. Christen sind immer frei. Sie sind frei durch die heilige Kraft des Glaubens, durch den Geist Gottes, durch die Liebe in Christo. Mag sein, daß diese Freiheit der Atheistengeneration Friedrichs II. gefehlt hat. Die heutige hat sich gläubig zum Kreuze zurückgekehrt.«

Ein großes Geräusch entstand jenseitig. »Die veraltete Sprache meines frommen Gegenredners,« fing der Liberale an –

»Keine Sprache ist veralteter in Preußen als die des Nationalismus,« scholl es von frommer Seite zurück.

»Auch spricht sie niemand, diese Sprache,« replizierte der Liberale mit Nachdruck. »Ich sprach von unserer politischen Zukunft, ich sprach von den Traditionen der königlichen Verheißungen, in denen ich geboren und erzogen bin. Diese kann kein Fremder mir nachfühlen. Ein preußisches Herz –«

»Ruhe, Freunde und Brüder!« rief ein alter, friedsamer Herr, dessen deutscher Rock und lang gescheiteltes Haar die romantische Reliquie eines Burschenschafters zeigte.

Aber der »Fromme« war an der empfindlichsten Seite seines Hierseins getroffen, denn allerdings besaß er das preußische Indigenat erst seit kurzem. »Meine Herren,« sagte er mit großer Sanftmut in Ton und Gebärde, »ich kann mich nicht rühmen, ein geborener Preuße zu sein; es ist wahr. Aber eben als Nichtpreuße glaubt' ich mich berufen, davor zu stehen, daß die hohe Natur unseres Festabends nicht zu preußischen Parteifragen herabgezogen werde.

Wir feiern einen Sieg als Streiter Gottes gegen das Volk der Atheisten, als Kinder Israels gegen den Gog und Magog. Der Sieg bei Leipzig ist Gottes Sieg, vermischen wir ihn nicht mit irdischen Interessen. Wahrlich, wir haben damals Höheres ausgerichtet als gebeugten Königen Gelöbnisse abzupressen, Gelöbnisse, ihre Völker eine Bahn zu führen, welche jenseits des Rheins in den Abgrund geführt hat. Der Herr der Heerscharen –«

»Unerträglich,« knirschte der Liberale und fuhr wie eine Rakete empor. »Herr Kommerzienrat,« schrie er, »füllen Sie unsere Magazine mit Korn, unsere Tollhäuser mit Tollen –« ein Gemurmel der Bestürzung ging durch den Saal; der Liberale, sah man, kündigte sich in einem Tone an, der zu den heftigsten Szenen führen mußte.

In diesem Augenblicke stürzte ein aufgeregter Stadtverordneter in die Versammlung, schwang den Hut und schrie aus vollem Halse:

»Meine Herren, eine telegraphische Nachricht von Berlin! Der König der Franzosen nimmt die Thronrede an, unser Gesandter in Paris hat seine Pässe begehrt!« Ein dreifaches »Viktoria!« brach ohne Besinnen im Saale aus. Und sofort hörte man den Ruf: »Versöhnung! Versöhnung!« welchen einige Stimmen mit kluger Benützung dieser Gelegenheit erschallen ließen.

Der Fromme, treu seinem Charakter, war der erste, welcher diesem Rufe nachgab. Man sah den alten Herrn in großer Bewegung einen Stuhl besteigen und seine Stimme klang merkwürdig verändert, als er anhob: »Selig sind die Friedfertigen, denn sie werden Kinder Gottes genannt werden! Die Rache ist mein, spricht der Herr. Ich hege keinen Groll gegen meinen Nächsten, selbst gegen den nicht, der mich mit Absicht beleidigen wollte. Und diese Absicht hatte mein Freund sicherlich nicht. Er sprach im Eifer, er sprach für die Sache seiner Überzeugung. Ich stand für meine Sache. Unsere Worte der Parteiung aber haben sofort keinen Sinn mehr: in diesem Augenblicke sind wir Parteigenossen. Unsere Partei heißt: Preußen! Deutschland! Nationalehre! Gerechtigkeit! Krieg! Wohl dem Staate, der im Frieden die Meinungen freigibt; sie werden unüberwindlich im Kriege sein. Und so schließen wir uns zusammen wie Gideons Streiter, zerbrechen rasselnd die leeren, tönernen Krüge unseres Parteihaders und stürzen uns auf den Feind mit dem Feldgeschrei: Mit Gott für König und Vaterland!«

»Mit Gott für König und Vaterland!« scholl es hoch durch den Saal und alles umdrängte den Sprecher, umarmte, küßte ihn und trank ihm zu. Der alte Herr war in großer Rührung. Er trocknete sich den Schweiß, er atmete schwer und tief. Alles war einverstanden, als er nach seinem Wagen begehrte, daß er sich schonen müsse.

»Es ist zu Ende!« murmelte er dumpf vor sich hin. Im Vorbeigehen fragte er den Stadtverordneten, woher er die Nachricht habe; dieser wiederholte noch einmal, sie sei von der Gesandtschaft in Paris ans auswärtige Amt in Berlin gelangt und soeben an die Stadtbehörde telegraphiert worden. Er fuhr nach Hause.

»Es ist zu Ende!« murmelte der alte, gebrochene Mann, in später Nachtstunde seine öde Wohnung betretend. Ein schlaftrunkener Diener leuchtete ihm vor und fragte, ob er noch Feuer befehle. Der Greis schüttelte den Kopf, der Bediente ging, der Greis blieb allein.

»Es ist zu Ende!« stierte er geistlos ins Licht hinein. »Der Einsatz war hoch, – ich hab' es verloren, das Spiel. Es ist zu Ende!« Er schloß seinen Sekretär auf. Er tappte mit zitternder Hand nach einem verborgenen Fach. Er nahm ein Fläschchen aus dem Fache, welches die Aufschrift »Opium« trug. Er leerte das Fläschchen und sank in sein Fauteuil.

Das einsame Licht beleuchtete noch eine Weile sein Antlitz. Es brannte tiefer herab, es wurde bleicher, es erlosch. Das Licht – und das Antlitz.

Am 20. Oktober – zwei Tage später – war der Todestag des Marquis *Jules d'Evreux*. Damit endete das Trauerjahr seiner jungen Witwe. *Jenny* hatte es von ihrem Bräutigam nicht erhalten können, die Verlobung in ferneren Verzug zu setzen. Einfach und prunklos geschah die Zeremonie, nur die nötigsten Zeugen waren geladen. Aber nichts glich dem Hochgefühle, womit *Titus* seinen Namen unter die Urkunde seines endlichen Glückes setzte.

Wenige Augenblicke nach dieser Handlung hörte man die Glocke ziehen. Der Briefträger hatte die Zeitung abgegeben. Bei dem brennenden Neuigkeitsinteresse jener Tage wurde das Blatt sogleich ins Zimmer der Herrschaft gebracht.

Triumph! Freude! Glück! Die Ruhe der Familien ist erhalten, der Friede des Vaterlandes gesichert. *Louis Philippe* hat die Thronrede verworfen. *Thiers* hat abgedankt.

Schütteln der Hände, Gratulation dem Brautpaare – ein Glücksstern mehr zu ihrem Glücke. Die badischen Grenzbewohner vor allem haben Ursache, sich zu freuen.

Ein solches Zeitungsblatt wird mit kosendem Behagen gelesen. Durch all seine Teile strahlt's wie lachendes Sonnenlicht! Jede Linie, scheint's, hat ein Recht auf schmeichelhafte Aufmerksamkeit. Einer der Brautzeugen, der Freund aus Schwetzingen, hat's im Nu durchflogen. Plötzlich wird er ernst.»Höre, Baron,« sagte er zu *Titus*,»da hat sich eine Selbstmordgeschichte zugetragen – der Name des Verstorbenen ist zwar nur mit Sternchen bezeichnet, aber ich sollte glauben, dein Vormund wär' es. Alle Personalangaben passen. Lies selbst.«

Titus warf einen Blick in das Blatt und sagte gelassen:»Er ist es. Du hast recht. Was soll ich sagen? War der Spaß zu stark – seine Schuld ist's, nicht die meine. Er sollte mit dem Schreck davon kommen, war meine Absicht – aber seine Unordnung muß groß, sie muß ungeheuer sein, denn er griff zum Gifte. Das überstieg selbst *meine* Begriffe. Es überstieg seine eigene Klugheit, denn er brauchte nur wenige Stunden zu warten und das Gerücht war widerlegt. Mein Streich war so leicht und so schwer wie sein Gewissen selbst. Ich hab' ihn zu seiner eigenen Jury gemacht. Nie ist ein Mensch gerechter gerichtet worden.«

Und da er merkte, daß die Anwesenden – *Jenny* ausgenommen – diese Worte nicht verstanden, so erinnerte er sich, daß er zu erzählen hatte, wie das zusammenhing.

Er tat es.

Aber *Jenny* stand tief ergriffen. Ihre Wange war blaß, ihr Auge starr, – sie sah entsetzt vor sich hin.»Es ist doch grausenhaft,«sagte sie,»daß wir zwei Menschen umbringen mußten, ehe wir zum Altar gehen.«

Titus schloß sie in seine Arme. Er küßte sie auf die Wange und sagte sanft:»Ich bitte mir diese Rosen wieder aus. Laß dich das nicht anfechten, liebes Kind. Es soll dir von deinem Hochzeitskranz kein einziges Blümchen welk machen.« Und mit einem Anflug von Scherz, aus dem aber die bewegteste Innerlichkeit klang, fuhr er fort:»Siehe, mein Kind, ich bin nun einmal zum Plagiator Hamlets erwählt. Auch hier erkenne ich mein Plagiat. Mein Hieb nach diesem Manne hätte nicht mehr zu bedeuten gehabt als Hamlets Stich nach der Ratte – aber ein Mensch fiel! Nun ich hoffe, es ist genug, und von nun an scheiden sich meine Wege mit dem tragischen Prinzen. Ah, wie dicht unsere Linien oft aneinander stießen! Aber nicht das ist das Weh der Welt, daß die Schlechten und Gemeinen die Sittlichkeit aus den Angeln heben dürfen, sondern daß die Sittlichkeit oft kraftlos und unpraktisch, die Schlechten und Gemeinen aber energisch sind. Glaube mir, nur wenig fehlt, daß die Hamlettragödie mit Glück enden konnte. Nur wenig fehlt, daß Hamlet und Ophelia, statt im Wahnsinn zu Grunde zu gehen, über den Nacken ihrer Feinde sich die Hand reichen konnten. Lächle, mein Kind, mir deucht, wir hatten das wenige!«

Über tredition

Eigenes Buch veröffentlichen

tredition wurde 2006 in Hamburg gegründet und hat seither mehrere tausend Buchtitel veröffentlicht. Autoren veröffentlichen in wenigen leichten Schritten gedruckte Bücher, e-Books und audio-Books. tredition hat das Ziel, die beste und fairste Veröffentlichungsmöglichkeit für Autoren zu bieten.

tredition wurde mit der Erkenntnis gegründet, dass nur etwa jedes 200. bei Verlagen eingereichte Manuskript veröffentlicht wird. Dabei hat jedes Buch seinen Markt, also seine Leser. tredition sorgt dafür, dass für jedes Buch die Leserschaft auch erreicht wird.

Im einzigartigen Literatur-Netzwerk von tredition bieten zahlreiche Literatur-Partner (das sind Lektoren, Übersetzer, Hörbuchsprecher und Illustratoren) ihre Dienstleistung an, um Manuskripte zu verbessern oder die Vielfalt zu erhöhen. Autoren vereinbaren direkt mit den Literatur-Partnern die Konditionen ihrer Zusammenarbeit und partizipieren gemeinsam am Erfolg des Buches.

Das gesamte Verlagsprogramm von tredition ist bei allen stationären Buchhandlungen und Online-Buchhändlern wie z. B. Amazon erhältlich. e-Books stehen bei den führenden Online-Portalen (z. B. iBookstore von Apple oder Kindle von Amazon) zum Verkauf.

Einfach leicht ein Buch veröffentlichen: **www.tredition.de**

Eigene Buchreihe oder eigenen Verlag gründen

Seit 2009 bietet tredition sein Verlagskonzept auch als sogenanntes "White-Label" an. Das bedeutet, dass andere Unternehmen, Institutionen und Personen risikofrei und unkompliziert selbst zum Herausgeber von Büchern und Buchreihen unter eigener Marke werden können. tredition übernimmt dabei das komplette Herstellungs- und Distributionsrisiko.

Zahlreiche Zeitschriften-, Zeitungs- und Buchverlage, Universitäten, Forschungseinrichtungen u.v.m. nutzen diese Dienstleistung von tredition, um unter eigener Marke ohne Risiko Bücher zu verlegen.

Alle Informationen im Internet: **www.tredition.de/fuer-verlage**

tredition wurde mit mehreren Innovationspreisen ausgezeichnet, u. a. mit dem Webfuture Award und dem Innovationspreis der Buch Digitale.

tredition ist Mitglied im Börsenverein des Deutschen Buchhandels.

Dieses Werk elektronisch lesen

Dieses Werk ist Teil der Gutenberg-DE Edition DVD. Diese enthält das komplette Archiv des Projekt Gutenberg-DE. Die DVD ist im Internet erhältlich auf **http://gutenbergshop.abc.de**

Zeitfracht Medien GmbH
Ferdinand-Jühlke-Straße 7
99095 Erfurt, Deutschland
produktsicherheit@kolibri360.de